향기를
담아 씁니다

향

기를 담아 씁니다 *

김혜은 에세이

오늘의 향기를 만드는
조향사의 어제의 기억들

시공사

프롤로그
왜 그리 심각해요?

영화 ‹배트맨› 시리즈 중 ‹다크 나이트›를 아시나요?
이 영화를 보지 않았더라도 악당 조커의 명대사,
"왜 그리 심각해?Why so Serious?"는 한 번쯤 들어 보셨을
거로 생각합니다. 언젠가 향에 관련된 책을 쓰게
된다면 당신에게 꼭 드리고 싶었던 말이기도 하고,
향수를 어렵게 생각하는 당신에게 드리고 싶었던
말이기도 합니다.

　　향수. 저에겐 무엇보다 가깝고 친근한 단어지만,
누군가에겐 멀고 어려운 단어가 되기도 하며, 깊게
공부해야만 하는 어려운 학문 같은 단어가 되기도
합니다. 부담감을 동반하는 건 말할 필요도 없죠.
향수는 과연 어렵고 심각한 존재일까요?

향수에 관련된 책이 그리 많지는 않습니다. 특히 국내 책은 더 그렇죠. 대부분이 해외 책을 번역했거나, 대학 교재처럼 전문적인 내용을 담아냈거나, 굉장히 있어 보이지만 실상 내용이 없는 책도 꽤 많습니다.

향수에 대해 쉽게 읽을 수 있는 책이 많지 않다는 사실도 향수를 어렵게 느끼게 하는 요소 중 하나라고 생각했습니다. 그래서 향수와 관련된 책을 쓴다면 누구나 쉽게 읽을 수 있는 책을 쓰겠다는 다짐이 이 책을 쓰게 된 가장 큰 이유 중 하나입니다. 어떻게 해야 쉽게 읽히는 책을 쓸 수 있는지에 대해서는 고민을 많이 했고, 정말 어려운 시간이었습니다. 편집자가 제 이야기 자체를 써 보는 건 어떠냐 했을 때 긴가민가했거든요.

네. 맞아요. 이 책은 지극히 제 개인적인 이야기입니다. 김혜은이라는 사람의 어린 시절부터, 향수에 관심을 두고 영상 콘텐츠를 만들면서 조향사가 되기까지 제 모든 시간과 생각이 담긴 책입니다. 여기에 제 경험과 생각을 풀어내면서 향수에 대한 정보와 팁도 함께 담았습니다.

향료의 분자구조와 화학식 같은 어려운 이야기는 쓰지 않았습니다. 오로지 제 경험과 생각을 토대로, 이 책을 읽는 당신이 더 즐겁고 쉽게 향수를 쓸 수 있도록 돕는 내용을 담았습니다. 당신이 그동안 '향수는 어려워'라고 생각했다면 이 책이 그 어려움을 해결할 수 있을 거라 생각하고 기대합니다.

향수가 어렵고 심각한 존재로 여겨지나요? "왜 그리 심각해?"를 떠올려 주세요. 그리고 이 책을 읽어 주세요. 저는 향수가 당신의 즐거움이 되길 바라는 조향사, 김혜은입니다.

차례

첫 번째 노트
우리의 시작은 백화점 1층에서

어릴 적 내가 가장 좋아했고 정말 많은 시간을
쏟아부었던 취미 생활은 바로 '괜찮은 가수와 괜찮은
음악'을 찾는 행위였다. 스마트폰은커녕 인터넷도
쓰리지3G도 되지 않던 시절, 새롭고 괜찮은 가수와
음악을 찾는 것이 결코 쉬운 일은 아니었다. 지금이야
음악을 들을 수 있는 플랫폼이 잘 만들어져 있고
세계 각 나라의 음악이 잘 정리되어 있지만
그때는 마땅한 플랫폼도, 지금 같은 저작권 의식도
매우 부족해서 불법 다운로드가 판을 치는 암흑의
시기였다.

한참 부족한 영어 실력으로 인터넷을 뒤지고,
찾는 음악이 국내 음악 다운로드 사이트에 없을 때는

토렌트를 이용해서 몇 날 며칠이고 원하는 음악을 찾아, 내가 좋아하는 음악으로 플레이리스트를 채우는 재미를 가장 좋아했다. 친구들 중 아무도 모르는 가수와 음악을 찾아내서 그들에게 들려주는 것도 좋았고, 마치 내가 그 가수를 발굴한 듯이 이유 모를 자부심도 있었다.

발굴한 가수가 저명한 시상식에서 상이라도 받을 때는 신인 때부터 그 가수를 알아봤던 나의 안목에 스스로 감탄하기도 했고, 내가 키워 내기라도 한 듯 기뻐했다.

여느 때같이 음악을 틀어 놓고 일하다 갑자기 생각이 떠올랐다. '정말 좋아했던 취미 생활이었는데 왜 어느 순간부터 하지 않게 되었을까?', '여전히 음악은 들으면서 왜 옛날만큼 새로운 가수, 새로운 음악을 찾으려는 노력을 하지 않을까?'

구체적인 시기는 알 수 없지만 언젠가부터 나는 플랫폼에서 만들어 놓은 플레이리스트를 그냥 틀어 놓고만 있었다. 지금 이 글을 쓰며 틀어 놓은 음악 역시 그러하다. 일하다 농땡이를 피울 구실을 찾은 것은 아니다(!).

가장 좋아했고 행복한 감정을 많이 느꼈던 취미 생활을 왜 더 이상 하지 않을까 생각해 보니, 나는 정리되어 있지 않은 망망대해 속을 뒤져 보물을 찾는 걸 좋아했음을 알게 되었다. 어지럽게 쌓여 있는 조각을 뒤지며 새로운 걸 찾고, 이것저것 합쳐도 보고 분해도 해 보면서 나는 '취향'을 완성해 갈 수 있었다.

꽤 거창하게 들리지만 다양한 음악을 찾아내고 들으며 내 입맛에 맞는 음악과 그렇지 않은 음악을 빠르게 구분해 낼 수 있게 되었으니 취향이라 불러도 무방하지 않을까? 지금은 모든 게 예쁘고 가지런하게 오와 열을 맞춰 정리된 것투성이라 새로운 걸 찾아야 하는 필요성 자체를 못 느끼는 게 아닐까 하는 생각이 들었다.

내가 발굴하지 않아도 들을 음악은 많다. 장르별 톱 10, 음악을 좋아하는 누군가가 만들어 놓은 리스트, 플랫폼에서 만들어 놓은 상황별 또는 장르별 리스트, 시대별 리스트, 분위기별 리스트, 하다못해 엠비티아이 MBTI 등 성향별 리스트까지. 이쯤 되니 취향을 위한 탐색은 의미가 없는 게 아닌가 싶기도 하다. 굳이 내 취향을 위한 탐색을 하지 않아도 남의 취향에 맞춰 만들어진 플레이리스트만 틀어도 되니까.

취향의 발굴. 계발이라고 해야 할까? 비단 음악에만 해당하진 않는다. 향수에도 수많은 취향이 존재한다. 하지만 자신의 취향대로 향수를 결정하는 사람이 그리 많은 건 아니다. 요즘 트렌드를 보면 그리 이상한 일이 아닐지 모르지만.

향수는 아주 사적이며 주관적인 영역이고, 오롯이 자신의 취향 구십구 퍼센트가 반영되는 영역이다. 하지만 취향보다는 만들어진 플레이리스트를 재생하는 것처럼, 자신의 취향이 아니라 남의 취향과 시선에 맞춰 향수를 결정하는 사람이 생각보다 많다.

대체 왜죠? 왜 향수를 고를 때 자신의 취향이 절대적 기준이 되는 게 아니라 얼마나 브랜드가 유명한지, 향수 좀 쓴다는 사람이 어떤 평가를 하고 있는지 혹은 유명 연예인이 쓰는 향수인지 등 '말도 안 되는' 기준에 맞춰 향수를 고르는 거죠?

유명한 브랜드, 유명한 향수라고 모두 좋은 향수는

아니다. 하지만 많은 사람은 꽤 자주 '인지도'로 향수를 결정한다. 그렇게 결정한 향수가 자신이 좋아하는 향기일 수도 있겠지만, 그렇지 않은 경우도 많다.

왜일까? 왜 우리는 취향으로 결정해야 할 영역을 취향이 아니라 다른 것으로 결정할까? 취향이 없기 때문이다. 암흑의 망망대해에서 보물찾기를 하며 취향을 찾고 키운 사람과 달리, 그 과정이 없는 사람에겐 취향이 생기지 않을까? 자신의 취향이 아직 없어 남의 취향을 빌려 향수를 결정할까?

백만 번이라도 말할 수 있다.
향수를 고르는 절대적 기준은
취향이어야 한다고.

브랜드 인지도, 유명인이 쓴다는 향수, 트렌드, 가격 등은 전혀 중요하지 않다. 하지만 취향이 없다고 문제가 되진 않는다. '아직' 찾지 못했을 뿐이니까. 취향에는 발도, 내비게이션도 달리지 않았다. 스스로 찾아오지 못한다는 뜻이다.

취향 찾기는 오직 자신의 몫이다. 향수 취향을
찾기 위한 방법은 딱 하나다. 최대한 많이 시향해 보기,
암흑의 망망대해 대신 향수의 바다에서 헤엄치기다.
다양한 향기를 맡아 보며 좋게 느껴지는 향수,
거부감이 드는 향수를 구분해 가는 과정이 취향을
찾아내는 첫 번째 방법이다. 첫 번째이자 유일한
방법이다.

굴러도 보고, 넘어져도 보고, 뒤통수도 맞아 보며
실패도 해 봐야 한다. 그래야 취향을 찾아낼 수
있다(쉽다고는 안 했다). 정착하지 못하고 이 향수
저 향수 찾아다니는 것을 '향수 유목민 생활'이라고
한다. 이 유목민 생활이 취향을 찾아가는 아주 중요한
포인트다.

당신의 코 컨디션이 허락한다면, 백화점 1층을
모두 섭렵해 보길 권한다. 사지 않아도 괜찮다.
백화점이 부담스럽다면 접근성이 훨씬 좋은
드러그스토어의 향수부터 섭렵해 보자. 드러그스토어
향수는 무조건 별로라고 말하는 사람이 있다면
코를 한 대 때려 줘도 괜찮다(물론 제가 책임은 져 드리지

못합니다). 그렇게 최대한 많은 향수를 접하면서 마음에 드는 향수, 그렇지 않은 향수를 구분해 가다 보면 빨리 자신의 취향을 찾아낼 수 있다.

드러그스토어에 비치된 수많은 향수에 겁먹었다면, 오른쪽에 추천하는 브랜드 향수부터 차근차근 시향해 보길 바란다(다양한 향조와 강도 등을 고려해 선정했다).

겐조(KENZO)

랑방(LANVIN)

모스키노(Moschino)

클린(CLEAN)

몽블랑(Montblanc)

버버리(Burberry)

코치(Coach)

나르시소 로드리게즈(Narciso Rodriguez)

이세이 미야케(Issey Miyake)

끌로에(Chloé)

두 번째 노트
나의 쟈도르, 친구 어머니의 쟈도르

1999년에 출시된 디올 '쟈도르 오 드 퍼퓸'.

내가 스물한 살이었나. 엄마가 해외로 합창단 공연을
나가면서 면세점에서 선물을 사다 주신다 했다.
샤를리즈 테론이 나오고 금빛이 한가득하던
쟈도르 영상 광고에 홀려 있던 나는 엄마에게 외쳤다.
"디올 쟈도르 제일 큰 거!"

　　엄마가 공연을 마치고 한국에 들어오신 날,
공항에서 엄마보다 엄마 손에 들려 있는 쟈도르를 더
기다렸는지도 모르겠다. 엄마와 함께 공연을 다녀온
합창단 단장님은 유일하게 마중 나와 있던 내가
기특하다며 샤넬 팩트를 선물로 줬다(고맙긴 했지만
너무나도 내 관심의 영역이 아니었던 샤넬 팩트는 결국

엄마에게 돌아갔다). "나 이렇게 비싼 향수 처음 사
봐!"라고 말하시는 엄마에겐 죄송했지만 내 눈은
오롯이 금빛 찬란한 쟈도르에 붙어 있었다.

　　좋아하는 향조가 명확하지 않던 그 시절, 향도
모르던 쟈도르를 사랑하게 된 계기는 광고에서
본 테론이 가장 큰 역할을 했다. 블라인드 구매는 아주
다행히도 성공적이었다. 향을 맡고 나니 광고에서 보던
우아하고 카리스마 있는, 멋있고 예쁜 테론의 이미지를
그대로 보여 주는 향이었다. 내 인생 첫 향수였던
할스톤 '언바운드'를 밀어내고 그때부터 쟈도르는 나의
최애가 되었다(그러고 보면 어릴 때의 나는 화이트
플로럴의 부드러움을 꽤 좋아했나 보다. 지금은 취향의
변화로 스무 살 때만큼 화이트 플로럴 노트를 좋아하지는
않지만, 십여 년이 지난 지금도 여전히 쟈도르는 내
화장대에서 절대 사라지지 않는 향수 중 하나다).

　　나에게 쟈도르 향기를 맡은 소꿉친구는 종종
"우리 엄마도 쟈도르를 쓰는데 너랑은 느낌이 달라.
난 쟈도르가 우리 나이대에는 안 어울린다고
생각했거든. 근데 너한테서 나는 냄새 맡으면 되게

잘 어울리네?"라고 말했다. 내가 좋아하는 향기가
나에게 찰떡이라는 그 칭찬이 그날 하루를 엄청
행복하게 했던 걸로 기억한다(십여 년이 지난 지금도
그때의 장소와 상황이 기억날 정도니까. 모 백화점 상향
에스컬레이터에서였지).

　　나의 쟈도르, 친구 어머니의 쟈도르처럼 같은
향수라도 뿌리는 사람의 체향 등과 섞여 향기가
꽤 다르게 느껴질 때가 많다. 굳이 남이 안 쓰는, 자신만
아는 유명한 향수를 찾기 위해 고군분투할 필요는
없다는 뜻이다. 남과 겹치진 않지만 '호드백
좋을 호 好 + 피드백 Feedback'은 기본이고, 많이들
궁금해하는 '나만의 절대 반지' 같은 향수는 존재하지
않는다(절대 반지 같은 향수를 찾는다면 직접 만드는
수밖에). 그러니 그 향수를 '입었을' 때 그 향을
표현하는 방법에만 집중하면 좋겠다. 향수를 고르는
팁은 이게 전부라고 해도 과언이 아니다. '향'에만
집중하기. 이 외에 또 뭐가 있을지?

　　시향 없이 블라인드 구매에 도전하는 사람에게
팁을 주자면, 일단 블라인드 구매는 하지 않는 게 가장

좋다. 하지만 꼭 블라인드 구매밖에 방법이 없다면 그 향수의 광고를 보라고 권한다. 단, 화보 말고 영상을 봐야 한다. 모든 영상 광고가 그렇진 않지만, 앞에서 말한 샤도르처럼 향수가 가진 향을 영상으로 시각화해 표현한 경우가 꽤 있기 때문이다. 향수가 가장 핵심으로 잡은 향의 포인트, 이미지, 타깃 등 꽤 많은 정보를 확인할 수 있다.

물론 영상 광고를 보고 상상한 향이 실제 향과 완전 다를 수도 있지만 대체로 유용한 방법이다. 똑같은 광고를 보더라도 개인의 경험과 기억으로 상상하는 향은 매우 달라질 수 있지만, 광고에선 보편적 느낌을 많이 보여 주기 때문에 공감도가 높은 편이다.

어느 순간부터 추상적인 이미지의 광고가 많아지고 몇 번이고 영상을 다시 봐도 향수가 어떤 향을 가졌는지 파악하기 힘들 때가 있다. 하지만 향수 회사에서 제작하는 다양한 영상에는 분명 그들이 생각하는 향수의 핵심 포인트들이 담겨 있다.

블라인드 구매 땐 영상 광고를 꼭 참고하자. 아예

사전 정보가 없이 구매하기보다는 실패 확률을 확연히

줄일 수 있다. 감이 잘 안 온다면 쟈도르 광고를

보자(나는 그녀가 걸어오며 몸에 걸친 것을 하나씩 집어

던지는 장면을 가장 좋아한다).

영상의 전체적 색감, 모델이 표현하는 모습 등을 본

다음 디올 매장에서 쟈도르를 시향한다면 내가

말하고자 하는 바가 잘 느껴지리라.

디올(Dior)

쟈도르 오 드 퍼퓸(J'adore EDP)

출시	1999년
조향사	칼리스 베커(Calice Becker)
탑 노트	서양배, 멜론, 목련, 복숭아, 만다린오렌지, 베르가못
미들 노트	재스민, 은방울꽃, 튜베로즈, 프리지어, 장미, 난초, 자두, 제비꽃
베이스 노트	머스크, 바닐라, 블랙베리, 시더우드, 아마란스

세 번째 노트
시트러스와 알데하이드

열 살 때 부모님의 이혼으로 나는 친가 가족이 모여
사는 부산으로 이사를 하게 되었다. 몸도 마음도
성장하면서, 이혼이 인생을 더 나은 방향으로 살기
위한 엄마와 아빠의 선택이었음을 알고 상황을
받아들였지만, 그 과정이 결코 쉬운 건 아니었다.
지나고 보면 무슨 일이든 '견딜 만했다' 혹은 '썩 나쁘지
않았다' 등으로 미화되기도 하지만 그래도 무난하게
지난 성장기였다(지금 생각하면 크고 굵직한 사건,
사고들이 없었을 뿐, 아빠와 할매의 속을 박박 긁어 대는
사춘기 시기는 나에게도 물론 있었다).

　　얼마나 무난했는지 이야기하자면, 소꿉친구와
종종 "나중에 우리 자식들이 우리만큼 커도 진짜

성공한 거야!"라는 이야기를 진심으로 했고, 이
이야기는 지금도 현재 진행형으로 진심을 담아 말하고
있다(물론 부모님의 의견은 전혀 반영되지 않았지만).

　　우리 집은 저녁을 모여서 먹는 것이 중요한
분위기였다. 여느 때처럼 저녁을 먹은 뒤 과일 등
후식을 먹을 때였다. 오렌지를 손으로 까고, 손에 묻은
오렌지 향을 맡으면서 그날 저녁의 사건이 발생했다.
분명 싱그럽고 달콤한 오렌지 향이 나야 하는데
내 손에서는 오렌지 향인 척하는 이상한 냄새가 났다.
몇 번이나 비누로 손을 씻어도 그 냄새는 사라지지
않았다. 오렌지 껍질을 까다 말고 집안을 헤집고 다니며
손에서 이상한 냄새가 난다며 난리 치는
내 모습에 가족의 걱정은 이만저만이 아니었을 거다.

　　처음엔 오렌지가 상한 줄 알고 어른들이 오렌지
향을 맡았지만, 오렌지는 아주 달콤할 뿐이었다.
어른들은 내 손에서 나는 그 이상한 냄새를 맡지
못했다. "오렌지는 좋은 냄새가 나! 근데 내 손에서는
이상한 냄새가 계속 나!" 이 말만 반복하며 손을 박박
씻어 대는 나를 보며 할머니는 특단의 조치로

내 손끝에 향수를 뿌려 주셨다. 어떤 향수였는지는 모르지만 무슨 화장품 냄새를 가진 독한 향수였다. 독하고 강렬한 향수의 향기와 섞여 그 이상한 냄새는 여전히 내 손끝에 남아 있었다.

학교에서 충격받은 일이 있는지 아니면 어른의 사정으로 쌓였던 감정이 생각하지 못한 부작용으로 나타난 건 아닌지까지 걱정하는 눈빛 때문에 이상한 냄새가 더 이상 나지 않는다고 말했지만, 내 코는 여전히 그 이상한 냄새와 싸우고 있었다. 나와 같은 경험을 해 봤거나, 이 이야기를 읽고 그 이상한 냄새가 뭔지 짐작하는 이가 있으리라 생각한다.

어린 나를 괴롭혔던 그 이상한 냄새란 바로 알데하이드 냄새다. 시트러스 향기를 구성하는 요소 중 하나인 알데하이드는 왁스같이 꾸덕꾸덕하기도 하고, 비릿하기도 하고, 기름 냄새 같기도 하고, 뽀얀 느낌도 가진 방향 성분이다. 모든 감귤류 향기에 알데하이드가 있진 않지만, 주로 오렌지 계열에서 많이 느낄 수 있다. 알데하이드 냄새가 뭔지 잘 모르겠다면 오렌지를 까서 껍질 냄새를 맡아 보길 권한다. 오렌지의 향긋함 뒤에

숨어 있는 살짝 비릿한 냄새를 느낄 수 있다.

인생 처음으로 알데하이드의 존재를 느꼈던 그날은 아직도 잊을 수 없다. 세상에 어떻게 그런 냄새가 있을 수 있는지 정말 충격적이었다(사실 그날 사건 이후 오렌지가 있어도 손대기 싫어 안 먹거나, 누군가에게 까 달라 하거나 둘 중의 하나를 선택하곤 했다). 고수를 처음 먹었을 때보다 충격의 강도가 더 컸다.

알데하이드는 탄소 개수에 따라 냄새가 달라진다. 일반적인 냄새부터 딸기, 복숭아, 코코넛 등 과일 향을 닮은 알데하이드도 있다.

알데하이드 향수로 가장 유명한 것이 바로 샤넬 '넘버 파이브'다. 출시된 지 백 년도 넘은 향수지만 여전히 글로벌 베스트셀러이며 많은 사랑을 받고 있다. 사실 알데하이드를 가장 먼저 쓴 향수는 넘버 파이브가 아니다. 그런데 넘버 파이브가 알데하이드의 대표 주자로 손꼽히는 이유가 있다. 강한 이취에 가까워 향수에 넣기 꺼리던 알데하이드로 부드럽고 아름다운 향을 표현했기 때문이다. 희석과 조합으로 알데하이드 향수의 정점을 찍었다 해도 과언이 아니다.

　　알데하이드 향수의 정석이라고 할 수 있는
넘버 파이브 대신, 낯설지만 알데하이드를 직관적으로
느낄 수 있는 향수를 추천하며 글을 마무리하고자
한다. 미들 노트를 의도적으로 비움으로써 시트러스에
있는 알데하이드의 향을 잘 느끼리라.

에센셜 퍼퓸(Essential Parfums)

오렌지 × 상탈 오 드 퍼퓸(Orange × Santal EDP)

출시	2018년
조향사	나탈리 그라시아 세토 (Natalie Gracia-Cetto)
탑 노트	비터오렌지, 바질
미들 노트	-
베이스 노트	이끼, 사이프러스, 샌달우드

네 번째 노트
향수는 고양이가 아니다

나는 물건을 고를 때 '기능'에 가장 초점을 맞추는
편이다. 아무리 디자인이 예쁘고 귀엽고
사랑스럽더라도 기능이 떨어진다면? 나에게 그 물건은
'예쁜 쓰레기'일 뿐이다.

하지만 친구와 함께 쇼핑을 가면 내 기준에 예쁜
쓰레기를 사겠다는 친구를 말리진 않는다. 오히려
응원하고 칭찬하는 편이다. 나에게 기능을 제외한 다른
건 크게 중요하지 않지만.

향수도 마찬가지다. 향수의 기능은 '향'이다.
좋은 향의 의미는 다양하다. 내가 좋아하는 향취의
향일 수도 있고, 진행이 독특해 재미있는 향일 수도
있고, 누구에게나 호감인 향일 수도 있다.

향수는 뿌리고 그 향을 즐겨야 그 역할을 다한다. 인테리어로 향수를 수집하는 사람도 있지만(굳이 향수로? 생각은 하지만 취향이니 존중합니다) 향수라면 제발 향을 먼저, 가장 우선순위로 즐겨 주길 바라는 건 나의 욕심일까?

향수 크리에이터 일을 하면서, 향수를 신줏단지 모시듯 대하는 사람이 있다는 사실이 무척 신기했다. 유명한 향수를 샀는데 자신의 코가 그 향에 적응하지 못하면 어떡하지를 걱정하는 사람이 있다는 사실도 나에겐 매우 신기했다. 그것도 모자라, 향수를 선택할 때 '간택당했다'라는 표현은 신기함을 넘어 충격적이었다. 내가 간택하는 것도 아니고 '당하다'라는 표현이 대체 무슨 말인가 싶었지만, 생각보다 많은 사람이 그런 표현을 쓴다는 것을 뒤늦게 알았다.

냄새는 상당히 요망한 녀석이다. 한 냄새가 모든 사람에게 똑같은 후각적 인상을 주진 않는다. 채소의 한 종류인 고수만 봐도 그러하다. 누군가에겐 향긋하고 신선한 채소겠지만, 누군가에겐 화장품 냄새, 퐁퐁 맛 등의 극악무도한 초록 덩어리일 수도 있다.

냄새의 요망함을 보여 주는 대표적인 향수가 몇 가지 있다. 르 라보의 '어나더 13 오 드 퍼퓸', 메종 프란시스 커정의 '바카라 루쥬 540 오 드 퍼퓸', 바이레도의 '블랑쉬 오 드 퍼퓸' 등이다. 어나더 13 오 드 퍼퓸은 누군가에겐 포근하고 따스한 향기일 수 있고, 차갑고 시리다 못해 소름 돋는 향기일 수 있다. 바카라 루쥬 540 오 드 퍼퓸은 크리스털처럼 화려하고 달콤한 향기일 수도, 요구르트 향일 수도 있다. 블랑쉬 오 드 퍼퓸은 누군가에겐 섬유 유연제같이 부드럽고 깨끗한 비누 향, 누군가에겐 무향, 청소 왁스 냄새, 꾸덕꾸덕하고 불쾌한 향 등으로 느껴질 수 있다.

향수를 간택하는 게 아니라 '간택당하는 것'을 우선순위로 둔다면 즐겁고자 쓰는 향수가 걱정과 근심만 주게 될지도 모른다. 당신이 '간택당하거나 혹은 당하지 못했거나'에 연연해 본 적 있다면 이젠 그 마음을 놔주자. 내 마음에 쏙 드는 어여쁜 향수가 어디선가 당신을 기다리고 있을지 모르니.

르 라보(LE LABO)

어나더 13 오 드 퍼퓸(Another 13 EDP)

출시	2010년
조향사	나탈리 로슨(Nathalie Lorson)
탑 노트	서양배
미들 노트	암브레트시드, 이끼, 재스민
베이스 노트	암브록산, 머스크 노트

다섯 번째 노트
혹시 무슨 향수 쓰세요?

"길을 가다 좋은 냄새가 났을 때, 버스 옆자리에 앉은 사람의 냄새가 하도 좋아서 향수 뭐 쓰는지 물어보고 싶을 때 어떻게 하나요?" 나는 궁금하면 무조건 물어본다. 부끄러움과 창피함 따위 없다.

"오늘 버스에서, 지하철에서 이러이러한 냄새를 맡았는데 대체 무슨 향수일까요?" 향수 커뮤니티를 보면 이런 글이 꽤 올라온다. 향의 출처가 어디인지 몰라 물을 수 없는 경우를 빼고, 내 옆자리에서 좋은 냄새가 나는데 그 냄새가 궁금하다면 꼭 그 자리에서 물어봐야 한다. 그 순간을 놓치면 다신 기회가 없기 때문이다.

코로나19 이전, 사람이 가득 차 있는 카페에서

책을 보며 누군가를 기다리다가 커피 향 말고 다른 냄새를 인지했다. 싱그러운 달콤함이 느껴지는 이 냄새의 정체를 알아내기 위해 사방으로 코를 킁킁거렸다. 아마 그때 나를 본 사람이 있었다면 저 여자는 대체 뭘 하는 걸까 하고 이상하게 봤겠지.

음료 냄새, 음식 냄새 등 다양한 냄새가 섞여 있는 넓은 공간에서 내 코를 자극한 그 냄새를 찾는 것은 절대 쉽지 않았다. 하지만 이대로 물러선다면 분명 몇 날 며칠이고 궁금함과 왜 그때 그 냄새를 찾지 않았을까 하는 후회가 나를 괴롭힐 것을 알았다.

십여 분 정도 코를 킁킁거렸을 때 드디어 그 냄새를 찾아냈다(조향사면서 왜 그리 오래 걸렸냐고 묻는다면, 평일 점심시간 잠실 쿠팡 본사 1층 스타벅스에 가 보길 바란다. 앉을 자리도 없이 가득 찬 사람과 온갖 냄새가 섞여 있다. 심지어 리저브 매장이라 내가 앉은 자리에선 직원이 끊임없이 커피를 내리고 있었다). 바로 근처에 앉아 있는 여사님 모임 중 한 분의 향수 냄새였다.

인상 좋은 웃음을 장착하고 "실례합니다. 혹시 향수 뭐 쓰세요? 향이 정말 좋네요"라고 플러팅은

혹시 무슨 향수 쓰세요?　　　　　　　41

아니지만 플러팅 같은 멘트를 던졌을 때 "저는 이
향수만 써요"라며 여사님이 알려 준 향수는
에르메스의 '운 자르뎅 수 르 닐 오 드 뚜왈렛'이었다.
냄새를 찾아 헤매던 십여 분의 고생이 전혀 아깝지
않은 결과였다. 사실 같은 향수를 시향하고 착향했을
때, 나에게선 그 여사님 같은 향은 나지 않았다.
그야말로 그 여사님에게 찰떡 그 자체인 향수였다.
나에게 쟈도르가 그러했듯.

　　낯선 이에게 말을 거는 부담, 거절당할까 걱정되는
마음(향수를 알려 주기 싫어하는 사람이 정말 많은 것도
참 신기하다), 창피함 등 이러한 감정은 한순간이다.
하지만 코끝에 맴도는 냄새와 기억은 당신의 생각
이상으로 오래간다.

　　정체를 알 수 없는 미지의 것이라면 더더욱
망설이지 말자. 호기심을 해결하기 위한 결심이 오늘의
잠자리를 편하게 만들어 줄 것이다.

에르메스(Hermès)

운 자르뎅 수 르 닐 오 드 뚜왈렛

(Un Jardin sur le Nil EDT)

출시	2005년
조향사	장-끌로드 엘레나(Jean-Claude Ellena)
탑 노트	자몽, 그린망고, 캐롯시드, 토마토
미들 노트	연꽃, 히아신스, 작약, 부들
베이스 노트	인센스, 시카모어우드

여섯 번째 노트
저는 그쪽한테 관심이 없어요

태생이 그런지, 환경적 이유인지 알 수 없으나 나는
남에게 꽤 무관심한 편이다. 영역을 침범하지 않는 이상
상대에게 크게 관심을 두지도 않고, 티브이에 나오는
연예인에게도 크게 관심이 없는 편이다. 바로 옆에
연예인이 있어도 그냥 그런가 보다 하고 지나가는
편이다.

　연예인을 비롯한 남에게 얼마나 무관심하냐면,
몇 년 전 친구와 미국으로 여행을 갔을 때 한국으로
돌아오기 위한 뉴욕 존에프케네디공항에서였다.
자정에 근접한 시간이라 발권하던 카운터에는 우리
일행과 다른 한국인 한 팀밖에 없었다.

　우리 옆에 있던 그 한국인 팀은 유명 배우와

스태프였고, 고개를 돌리다 그들을 발견한 나는 아무 생각 없이 그의 이름을 말하고 다시 발권에 집중했다. 하지만 친구는 티케팅을 하다 여권과 캐리어를 모두 집어 던지고 그들을 따라 사라졌다(뒤를 돌아봤을 때 아무도 없이 캐리어만 남아 있던 그 모습은 아직도 생생하다). 스태프에게 제지당하고 돌아왔음에도 친구 표정엔 신남이 묻어 있었다.

그 배우와 스태프에게 친구는 경계해야 하는 요주의 인물(?)이 되었는데 안타깝게도 그 경계는 면세점 쇼핑 때 함께 있는 나에게까지 이어졌다. 생각보다 규모가 작은 면세점이어서 어느 구역을 가더라도 그 배우와 마주칠 수밖에 없었다(사실 면세점에서 쇼핑하는 항목은 너무나도 뻔하기 때문일지도 모른다). 친구가 주류 코너에서 쇼핑을 할 때도 그가 있었고, 내가 유일하게 면세 쇼핑을 하는 뷰티 섹션에서 향수를 시향할 때도 그가 있었다.

향수를 시향하는 내내 뒤를 힐끔힐끔 쳐다보며 내가 사진을 찍는지 아닌지, 근처에 왔는지 안 왔는지를 신경 쓰는 그와 스태프의 태도는 남에게

관심이 없던 나마저 그들의 존재를 인식하고
부담스럽게 여기기 시작하게 만들 정도였다.

"저는 그쪽한테 관심이 없어요. 저는 궁금한
향수를 시향하고 있을 뿐이에요"라고 말하기도 뭣하고.

한국에 도착해 친구는 부산으로 비행기를
갈아탔고, 난 혼자 인천공항에 내려 수화물을 찾는
컨베이어 벨트 앞에 서 있다가 그 배우와 스태프를 또
만나게 되었다. 컨베이어 벨트 사이에서 쳐다보는 것도
아니고 안 쳐다보는 것도 아닌 그 기묘한 대치란.

뉴욕에서 사 온 향수를 볼 때마다 그때가
떠오른다. 그들도 방어적이 될 수밖에 없는
상황이었겠지만. 굳이! 쓰고 있던 향수를! 한국에서
사도 그 가격인 향수를 뉴욕에서 사 왔다는 사실이 그
향수를 볼 때마다 생각나며, 속이 쓰린 것 같은 느낌이
온다(그래도 잘 쓰고 있는 향수다).

베르사체(Versace)

오 프레쉬 오 드 뚜왈렛(Eau Fraîche EDT)

출시	2005년
조향사	올리비에 크레스프(Olivier Cresp)
탑 노트	레몬, 로즈우드, 스타프루트
미들 노트	타라곤, 클라리세이지, 시더잎
베이스 노트	머스크, 앰버, 시카모어우드

저는 그쪽한테 관심이 없어요

일곱 번째 노트
우리 야박해지지 말아요

향수 커뮤니티를 보거나 많은 사람과 향수 이야기를
나눌 때 꼭 나오는 이야기 중 하나가 있다. 자신이
뿌리는 향수를 누가 물어볼 때 알려 주냐, 그렇지
않냐다. 나는 고민 없이 알려 준다. '국가 기밀도
아니고, 사생활도 아닌데 안 알려 줄 이유가 있겠어?'
생각하기 때문이다.

　　정말 많은 사람이 자신의 향수를 알려 주기
싫어하고 꺼린다는 것을 알았을 땐 아리송한
기분이었다. 개인의 선택이니 존중하지만, 나로서는 그
이유가 정말 이해가 안 되었다고나 할까. 내가 쓰는
향수를 알려 주기 싫은 이유는 물어본 사람이 똑같은
향수를 사서 뿌릴까 봐, 이 향수는 자신만 알고 싶어서 등의 이유가 있겠다. 이런 이유를 듣고서 가장 먼저 든 생각은 '그 누구와도 겹치지 않는 향수를 뿌리고 싶으면, 향수를 사서 쓸 게 아니라 만들어 써야 되는 거 아닌가?'였다. 대형 브랜드의 향수부터 니치 브랜드의 향수까지 어떤 향수가 되었든 자신만 알고 쓰는 향수는 있을 수 없다.

저녁을 먹으러 들른 아웃백에서, 우리 테이블에 서빙을 해 주는 서버에게 샌달우드 냄새가 났다. 내가 생각하는 그 브랜드의 샌달우드 향수인지, 그 샌달우드와 비슷한 국내 브랜드의 향수인지 아리송해서 향수 뭐 쓰냐고 물어보니 말갛게 웃으며 "이거 '르 라보 상탈 33'이에요! 제가 제일 좋아하는 향수죠"라는 답을 들었다.

그래. 이게 맞는 거 아닐까? 향수를 무조건 알려 주는 것이 맞다는 게 아니라 즐겁고 행복하고자 뿌리는 향수라면 그 행복을 함께 나눠야 더 커지지 않을까? 즐겁고 행복한 감정은 함께 나누면 더 커진다고 배웠으니까(물론 안 그런 사람도 있겠지만).

매일 한 공간에서 얼굴 보는 사람이 하루가 멀다

하고 나와 똑같은 향수를 뿌린다면야 그건 조금 생각해 봐야겠지만(싫어하는 사람이 내 향수를 물어보는 일도 좀 생각해 봐야겠지만, 그렇다면 비단 향수뿐 아니라 모든 게 싫은 게 아닐까) 행복함을 나누는 데 너무 야박해지지 않으면 좋겠다. 분명 당신도 누군가의 좋은 냄새를 통해 알게 된 향수가 있을 테니까.

당신의 아이템을 알려 주는 건 전적으로 당신의 선택이다. 하지만 그 엄격함이 유독 향수에 적용되는 것 같아 아쉬울 때가 많다.

자신만 아는 브랜드, 자신만 아는 제품에서 희소성이라는 메리트를 크게 느낄 수 있지만, 회사는 마니아에게만 인지도 있는 제품을 좋아하지 않음을 꼭 기억해야 한다. 마니아에게만 인기 있는 제품은 단종이라는 크나큰 위기를 맞을 수도 있다.

르 라보(LE LABO)

상탈 33 오 드 퍼퓸(Santal 33 EDP)

출시	2011년
조향사	프랭크 뷜클(Frank Voelkl)
노트	샌달우드, 시더우드, 파피루스, 붓꽃, 제비꽃, 카다멈, 암브록산, 가죽

여덟 번째 노트
조향사가 그것도 모를까요?

향수 관련 콘텐츠를 만들면서 질문을 많이 받는
편이다. 그중 자주 등장하는 것은 "향수 매장에
갔을 때 불쾌하거나 당황스러운 경우 어떻게 대처해야
하나요?", "향수 매장에서 당황하지 않는 꿀팁
알려 주세요"다. 사실 이런 질문을 받을 때마다 좀
이해가 안 갔다.

"아니, 매장 가서 시향할 거 있으면 시향하고, 살
게 있으면 사서 나오면 되는 건데 불쾌하거나
당황스러운 경우가 어떤 게 있죠?"라고 되물으면
향수에 대해 잘 몰라서, 브랜드에 대해 잘 몰라서
등등의 이유로 몇몇 직원의 태도 때문에 당황스러울
때가 있다고 했다. 이렇게 어이가 없을 수가.

"아니, 잘 아는 사람만 향수를 써야 하나요?

향수 쓰기 위해선

뭐 시험이라도 치고 가야 하나요?"

하지만 꽤 많은 사람이 향수 매장에서 불편함을
맞닥뜨린 경험을 한다. 실제로 모 향수 커뮤니티에는 모
백화점 모 브랜드 향수 매장 직원이 친절하냐,
분위기는 어떻냐 등의 질문 글이 종종 올라온다.
자신의 경험을 나누며 어떤 직원이 친절했고, 어느
시간대에 있던 어떤 직원의 응대가 너무 불쾌했다거나
등등의 이야기를 쉽게 확인할 수 있다.

향수 매장에서 당황하지 않는 꿀팁까진 아니지만
아주 사소한 사실. 매장 직원은 당신에게 크게 관심이
없다. 당신이 시향한 모든 향수를 구매하리라 기대하지
않고, 시향만 하고 간다 해서 당신을 원망하지도
않는다. 그러니 '시향만 하고 사지 않는다고 이 사람이
나를 어떻게 생각할까?' 이런 고민은 하지 않아도 괜찮다.

매장 직원이 당신을 졸졸 따라다니면서 시향지에
향수를 직접 뿌려 주는 이유는, 무거운 향수병을 들다

손이 미끄러져 병이 깨질까 봐 당신의 안전을 도모하기 위한 차원에서 서비스하는 것이다.

향수에 들어간 향료는 기본적으로 오일이기 때문에, 향수를 뿌리면서 오일 성분이 향수병에 붙어 있을 수 있다. 식용유처럼 미끄럽지는 않아도 방심한다면 충분히 손에서 미끄러져 병을 놓칠 수 있다. 당신이 향수를 훔쳐 갈까 봐 걱정되어 그런 게 아니다(향수를 실수로 떨어뜨려 깨 버렸다고 생각해 보자. 배상은 둘째치고, 그 향이 공간에 얼마나 오래 머무를지 상상만 해도 끔찍하다).

간혹 기분 나쁘게 느껴지는 태도로 응대하는 직원이 있다면 다른 직원에게 응대를 요청하면 된다. 혹은 다른 매장에 가거나.

모든 향수 매장의 직원이 불친절한 건 아니다. 어쩌다 한두 명일 뿐이다. 하지만 이 한두 명이 만들어 내는 불친절함은 아주 큰 상처를 남기기도 하고, 그 브랜드뿐만 아니라 향수 매장 가기를 꺼리게 만들 수도 있다.

하지만 내가 꼭 하고 싶은 말은 몰라도 괜찮다는

것이다. 브랜드 히스토리를 몰라도 되고, 무슨 향수가
있는지 몰라도 괜찮다. 무엇이 가장 유명한지 몰라도
괜찮다. 향수를 고를 때 전혀 중요하지 않은 부분이다.
그저 시향하고 그 향기가 당신의 취향에 맞는지
아닌지만 판단할 수 있으면 된다.

　　얼마 전, 프랑스의 모 니치 향수 브랜드에서
한국에 첫 팝업 스토어를 오픈하며 초대장을 보내왔다.
시향을 도와주는 스태프와 하하 호호 신나게 웃으며
즐겁게 시향을 마치고, 선물도 받고, 연락했던
관계자와도 인사를 마친 후 다음 일정까지 시간이 조금
남아 백화점을 둘러보기로 했다. 사람 많은 곳은
질색이고, 식당도 줄 서서 기다려야 한다면 다른 집을
찾아가는 나에겐 아주 오랜만의 백화점 투어였다
(롯데월드타워가 오픈하고 처음으로 가 본 것 같기도
하다).

　　재미있는 향수 브랜드가 없나 이리저리
구경하다가 평소 궁금했던 향수의 매장이 보여
발걸음을 옮겼다. 꽤 안쪽에 있어서 주변에 손님은 나
말고는 아무도 없었고, 그 매장 역시 마찬가지였다.

웃으며 인사를 하고 "시향을 해도 될까요?"라고 물으니
향수병 앞에 놓인, 언제 향수를 뿌린 줄도 모르는
시향지로 시향하면 된다기에 '아, 새로 뿌려 줄 생각이
없구나'라는 생각이 들었다. "이 브랜드는 향의 흐름이
처음이랑 끝이 비슷한 편인가 보죠?"라고 묻자, 직원이
세상에 둘도 없는 퉁명한 목소리로 답했다. "그런 것도
있고 아닌 것도 있죠."

아마 모르긴 몰라도 그때 내 이마엔 힘줄이 돋아
있지 않았을까. 어쨌든 궁금하니까 시향을 하는데,
뿌린 지 정말 오래된 시향지였는지 미들 노트를 넘어
베이스 노트의 잔향만 남아 있는 게 대부분이었다.

이마에 힘줄은 돋았을지언정, 올라가지 않는
입꼬리를 최대한 당기며 "잔향으로만 맡으니까
다 비슷한 느낌이기도 하네요"라고 말하니 대놓고
들으라는 듯 "베이스 노트라고 다 똑같은 건
아닌데"라는 말에 그 직원의 얼굴을 쳐다볼 수밖에
없었다(시작부터 언짢아서 더 짜증이 날 것 같아,
의도적으로 직원을 쳐다보지 않으려 했던 것인데 나도
모르게 쳐다보게 되었다).

그 자리에서 "내가 조향사인데 그것도 모를까요?"라고 말했다면 머리끄덩이 잡는 개싸움의 시작이 되었을지도 모르겠다(소셜 미디어에 생중계되었을지도 모를 일이다). 좋던 기분을 더 이상 불쾌하게 만들고 싶지 않았기에 개중 괜찮았던 향수를 시향지에 뿌려 달라고 했다. 그러자 직원은 새 시향지가 아니라 '그 시향지'에 향수를 뿌렸다. 이미 잔향이 한가득 묻어 있는 바로 그 시향지에!

절반의 체념과 절반의 분노를 삭이며 향을 맡고, 경련이 올 것같이 굳어 있는 입꼬리를 끝까지 올리며 인사를 하고 나왔다. 왜지? 내가 그들의 쉬는 시간을 방해했나? 향수를 살 것 같지 않았나? 이미 향수 쇼핑백을 크게 하나 들고 있었으니 향수에 관심이 있는 고객이라는 걸 알 수 있지 않나?

다음 일정도 중요했기에 분노하는 데 에너지를 더 이상 쓰고 싶지 않았지만, 향수 매장에서 그야말로 생전 처음 받아 보는 대접이었기에 분노의 여파는 꽤 오래갔다.

그날 블로그에 쓴 내 일기를 봤던 해당 브랜드의

담당자가 사과의 뜻을 전하며 보낸 메시지가 없었다면, 아마 그 분노의 여파는 상당히 오래갔을 테다. 다행히 담당자의 진심 어린 사과는 옹어리져 있던 내 분노를 풀어내게 했다.

안 겪는 게 가장 좋지만, 이 이야기를 꺼내서 전하고 싶은 말이 있다. 이런 일을 겪는다고 그 경험을 일반화하면 안 된다는 것. 물론 기분은 언짢겠지만 모든 사람이 이렇지는 않다. 그러니 주눅 들지 말자. 모르는 것에 당당해지자.

오르메(ORMAIE)

이본느 오 드 퍼퓸(Yvonne EDP)

출시	2018년
조향사	바티스트 부이그(Baptiste Bouygues), 마리-리즈 조낙(Marie-Lise Jonak)
탑 노트	자몽, 베르가못, 메리골드, 블랙커런트, 블랙페퍼
미들 노트	장미, 재스민, 복숭아
베이스 노트	바닐라, 벤조인, 통카빈, 샌달우드, 파출리

아홉 번째 노트
쾌감을 부르는 향기

나는 기계와 상당히 친하지 않은 편이다. 뭐 얼마나 친하지 않냐고 묻는다면 엄마가 나에게 컴퓨터 관련 질문을 하실 때 내가 알아서 해결해 주는 것 반, 몰라서 남편한테 넘기는 게 반이다. 심지어 남편은 "왜 장모님은 자기처럼 기계의 '기'도 모르는 애한테 컴퓨터를 물어보실까?"라고 한다. 당연히 컴퓨터 프로그램도 잘 모르고, 휴대폰도 쓰는 것만 쓰며, 업무와 생활에 필수적인 지식만 갖고 있다.

책을 쓰면서 '컨트롤+엔터Ctrl+Enter'를 알게 되었다. 바로 페이지 분할이다. 다음 페이지로 깔끔하게 넘기는 단축키인 컨트롤+엔터.

책을 쓰면서 내 이야기를 꺼내는 것이 얼마나

어려운지 알게 되었다. 수월하게 넘긴 글도 있었고, 끝을 맺는 데에만 며칠이 걸리는 글도 있었다.

쓰는 데 어려운 '노트'를 마무리하고 컨트롤+엔터를 누를 때는 엔터 키를 누르는 소리마저 평소와 달리 굉장히 차진 느낌이었다. 한 '노트'를 마무리하고 누르는 컨트롤+엔터가 이렇게 쾌감을 느끼게 하다니. 정말 별거 아니지만 어려운 한 '노트'를 마무리했다는 성취감 덕분인지 근래 나에게 가장 큰 쾌감을 선사하는 행위였다.

우린 좋아하는 무언가를 할 때 쾌감을 느낀다. 비단 나뿐만 아니라 대부분이 그럴 것이다. 어떤 행위를 통해 쾌감을 얻기도 하고, 영상이나 음악을 통해 혹은 사람을 통해서도 얻을 수 있다. 보통은 과정을 동반하지만(컨트롤+엔터를 누르기 위해 머리를 쥐어짜 글을 써야 하는 과정처럼) 별다른 과정 없이도 쾌감을 느낄 때가 있다.

나에겐 그 쾌감의 순간이 특정 향수를 뿌릴 때다. 그렇다고 좋아하는 향수를 뿌릴 때마다 쾌감을 느끼는 것은 아니다.

어떤 향수는 그리움을 불러일으키고, 어떤 향수는 사랑을, 어떤 향수는 고뇌의 어려움을 떠올리게 한다. 모든 향마다 연관되는 감정은 꽤 다르다(감정에 따른 향수를 정리해 봐도 좋겠다는 생각이 지금 막 들었다).

언짢고 우울한 감정에 지배당할 때, 뭘 해도 기분이 나아지지 않을 때 나는 나만의 쾌감을 주는 향수를 뿌린다. 집에 혼자 있더라도 혹은 자기 전이라도 상관없다. 열이면 열, 항상 나에게 쾌감을 선사하는 이 향기를 사랑하고 소중하게 여긴다.

더 이상 쾌감을 느끼지 못할 땐 어쩌지를 생각하지만 그럴 일은 없을 것 같다.

에르메스(Hermès)

떼르 데르메스 퍼퓸(Terre d'Hermès Parfum)

출시	2009년
조향사	장-끌로드 엘레나(Jean-Claude Ellena)
탑 노트	자몽
미들 노트	차조기
베이스 노트	시더우드, 벤조인, 이끼

열 번째 노트
향수를 가장 멍청하게 사는 법

많은 사람이 "제 이미지에 맞는 향수를 추천해 주세요", "이 연예인 이미지에 맞는 향수를 추천해 주세요"라는 말을 한다. 어떤 유튜버가 취향 말고 이미지에 맞춰 향수를 고르랬다며 영상 링크를 들고 오는 사람도 있다. "진짜 그놈의 이미지가 뭔지." 물론 이렇게 대답하지는 않았지만, 나는 이미지에 맞춰 향수를 고르는 행위를 가장 어리석고 멍청한 짓이라고 정의하고 싶다(물론 이렇게 말한다 해서, 어느 날 갑자기 모든 사람이 이미지 타령을 하지 않을 거라고 기대하지는 않는다).

국어사전에서 이미지는 "감각에 의하여 획득한 현상이 마음속에서 재생된 것, 어떤 사람이나 사물로부터 받는 느낌"이라고 한다. 우리 대부분이 말하는 정의는 후자다. 어떤 사람이나 사물로부터 받는 느낌, 그 사람을 봤을 때 떠오르는 느낌이 이미지다. 하지만 이 이미지에 대해 다시 한 번 생각해 봐야 할 것은, 이미지를 정의하고 만드는 것은 '당신'이 아니라 '남'이라는 점이다.

"내 이미지는 지적이고 사랑 많이 받고 자란 이미지야!"라고 스스로 말한들 남의 시선과 부합하지 않다면 그 이미지는 당신의 이미지가 아니다. 이미지란 당신이 정의한다고 정의되는 것이 아니라, 남의 시선으로 정의된다는 것임을 꼭 말하고 싶다. 남의 시선으로 이미지가 만들어진다는 것을 강조하는 이유는 딱 하나다. 향수는 '당신 취향대로' 골라야 하기 때문이다.

향에도 이미지는 당연히 있다. 교육과 학습으로 만들어진 이미지부터 경험으로 만들어진 이미지까지, 향에도 색에도 이미지는 있다. 하지만 당신의 이미지와 잘 어울린다는 이유로 취향에도 맞지 않는 향수를 뿌리고, 그 냄새를 온종일 맡아야 한다면? 그건 고문이다. 그래. 정말 고문이다. 우리 후각은 생각

이상으로 예민하다. 당신이 싫어하는 냄새를 온종일 몸에 걸치고 있는 것을 견뎌 줄 정도로 무디거나 아량을 가진 감각이 절대 아니다(싫어하는 냄새를 견디는 것이 아니라 파업을 할지도 모른다).

사람의 이미지를 한순간에 바꾸는 것도 쉽지 않겠지만, 좋아하는 냄새의 취향을 스위치를 켜고 끄듯 바꾸는 일이란 더 쉽지 않다(가능하긴 할까?). 그러니 제발 남에게 보이는 이미지가 아니라, 오롯이 당신 코의 호불호(호오)로 향수를 고르면 좋겠다.

사회 구성원으로 살아가며 남의 시선을 아예 신경 쓰지 않고 살 순 없다. 하지만 향수만큼은 당신의 시선으로, 코로 골라야 한다. 그래야 당신을 행복하게 만드는 향수를 만날 수 있다.

연예인 이미지에 맞는 향수도 마찬가지다. 미디어에서의 연예인 모습은 단편적이다. 연기나 노래 등을 통해 팬에게 보여 주는 모습으로는 그 사람에 대해 알 수 없다. 자신의 취향을 낱낱이 공개하면 모를까, 그 사람이 일하는 모습만을 보고는 알 수 없다.

연예인 중에서도 배우가 특히 그러하다. 작품마다

다른 모습을 보여 주는데 대체 어떤 것이 그 사람의 이미지란 말인가? 그 배우가 맡은 캐릭터의 이미지만을 가지고 연상되는 향수를 매칭하는 것까지는 괜찮다. 시청자로서 그 역할에 몰입했을 테니까. 하지만 딱 그 역할까지다. 그 역할의 몰입도가 얼마나 높은지 간에 드라마, 영화의 배역에 몰입했을 뿐, 역할을 한 사람 자체에게까지는 아니라고 생각한다(당신이 반박할 수도 있다. 다만 반박하기 전 그 사람에 대해 얼마나 잘 아는지를 먼저 생각해 보면 좋겠다. 내 가족만큼, 이십 년 넘게 함께 지낸 소꿉친구만큼 아는지).

단편적으로 보이는 것만으로 사람의 전부를, 그리고 취향을 알 순 없다. 물론 나도 드라마나 영화를 보며 저 캐릭터는 어떤 향수를 쓰면 좋겠다, 어떤 향기와 잘 어울리겠다는 생각은 자주 한다. 당연히 캐릭터에 한할 뿐이다.

당신이 이미지에 너무 얽매이지 않으면 좋겠다. 제발(나의 간절함을 모두 담은 단어다. 제발!). '보이는 것'은 어디까지나 당신의 시선이 아니라 남의 시선이다. 다른 분야는 몰라도 후각에서 남의 시선은 아주 어디까지나, 좋게 봐도 참고 사항일 뿐이다.

얼마 전 다시 본 영화 ‹타짜›. 그때도 정 마담과 잘 어울릴 것 같은 향수를 상상했지만, 그 향수가 배우 김혜수의 취향에도 맞을 거란 보장은 없다.

비디케이(BDK)

타박 로즈 오 드 퍼퓸(Tabac Rose EDP)

출시	2020년
조향사	줄리앙 라스키네(Julien Rasquinet)
탑 노트	레몬, 자두, 핑크페퍼
미들 노트	장미, 초콜릿, 시나몬
베이스 노트	담뱃잎, 파출리, 라다넘

열한 번째 노트
남이 보는 내 모습, 내가 보는 내 모습

나도 울타리 안에서 함께 살아가는 사회적 동물인지라,
보이는 것에 신경을 아예 안 쓸 수는 없다. "나는 하나도
신경 안 쓰는데?"라고 말하는 사람이 있다면 실오라기
하나 걸치지 않고 거리를 활보하면
인정하겠다(철컹철컹).

생각보다 우린 보이는 것에 많은 집중을 한다.
나쁘다고 말하는 것이 아니다. 어느 정도 필요한
부분임은 인정하지만, 그 보이는 것에만 집중하다
본질을 놓치는 경우가 많아 아쉬울 때가 한두 번이
아니라는 말이다.

한동안 나는 똑같은 머리 스타일을 유지했다.
의도적이라기보다는 상황이 그렇게 만들었다고 하는

게 맞으려나? 나는 엄청난 숱과 굵고 튼튼한 머리카락을 가졌고, 여기에 반곱슬과 뜨는 머리의 조합으로 웬만한 머리 스타일에 도전하기가 어려운 상황이었다(예전에 유튜브 라이브를 할 때 어떤 사람이 들어와 악플을 달며 정수리 탈모 걸렸다고 이야기한 사람이 있었는데, 태어나 단 한 번도 들은 적 없고 평생 들을 일 없을 것 같은 멘트라 타격감이 전혀 없어 그저 웃었던 적이 있다).

엄청난 숱 덕분에 펌을 하면 삼각김밥 혹은 〈해리포터〉 시리즈의 해그리드 머리가 되었다. 짧은 기장임에도 불구하고 숱 때문에 장시간 미용실에 앉아 있는 게 너무 힘들어 머리를 하러 더욱 가지 않게 되기도 했다.

그러던 도중, 스타일의 변화를 꾀하기 위해 탈색과 염색을 결심하고 미용실에 갔다. 까탈스럽다면 까탈스러운 나의 요구(그래 봤자 "두피 염색하러 자주 오는 게 너무 귀찮아요"뿐이었다)를 이야기하고 핑크로 염색했다. 머리를 감으며 색이 얼마나 유지되냐 물으니 "그래도 붉은 계열이라 오래가요! 한 이틀?"이라는

대답을 들었다. 하하하하하. 정말로 내 머리의 핑크는
딱 이틀 유지되었다(머리 감을 때마다 보이는 핑크
거품이 얼마나 야속하던지).

친구들은 '이틀 천하'라며 놀렸고 나는 반박할 수
없었다. 머리를 볼 때마다 '인스타(그램)에서 보던
사진은 되게 화려하고 예뻤는데 그게 하루짜리였을
줄이야'라고 생각을 하게 되었다. 그래. 맞다. 나는
인스타 속 화려한 색감에 빠져 (혼자) 낚여 버린
것이었다. 완전히 색이 빠지고, 더 이상 핑크 거품도
나지 않고, 머리에 브라운과 베이지 중간 어디쯤의 색만
남았을 때야 그 사실을 알았다.

인스타 사진의 화려함만 보고 결정했던 염색은,
향수 매장에서 착향 없이 시향지로만 향을 맡고 아주
마음에 들어 구매하고 집에 와서 뿌리니 막상 발향도
제대로 안 되고, 지속력도 너무 짧고, 심지어 알레르기
반응까지 일으키는 향수와 같았다는 사실을(물론 머리
스타일은 아주 마음에 들었다. 다만 화려한 사진에 낚여 그
화려함이 오래 지속되지 못한다는 것을 파악하지 못했을
뿐이다).

향수도 그런 향수가 있다. 매장에서 시향 후 홀린 듯 구매해 왔는데 막상 집에서 뿌리니, 이 향이 정말 아까 매장에서 시향한 그 향이 맞나 싶기도 하고, 심지어 사기를 당한 건가 싶은 생각까지 들게 하는 향수. 보이는 첫 번째에만 집중했을 때 얼마든지 일어날 수 있는 일이다.

시향할 때 팁에 관해 질문을 받으면 나는 "꼭 수고로움을 감내해야 한다"고 말한다. 맑은 날에도 시향해 보고, 비 오고 흐린 날에도 시향해 보고. 컨디션이 좋거나 나쁠 때 모두 시향해 봐야 한다. 아는 향인데 굳이 그렇게까지 해야 하나 싶기도 하다.

하지만 냄새는 환경에 따라 다른 모습을 보일 때가 정말 많다. 그러니 번거롭더라도 여러 환경에서 시향해 봐야 그 향수가 어떤 상황에서든 당신에게 맞는지를 알 수 있다. 이런 과정 없이 첫 느낌만으로 향수를 구매하면, 분명 맑은 날엔 시원하고 청량했던 그 향수가 비 오는 날엔 세상에 둘도 없는 비릿함으로 느껴질 수도 있다.

친구와 함께 제주도로 여행을 다녀오는 도중

면세점에서 충동적으로 구매한 향수는 분명 내 취향에
백 퍼센트 맞는 향이었지만, 막상 착향했을 땐 짝퉁을
산 게 아닐까 싶은 생각이 들 정도로 나에게 맞지 않는
향수였다.

　번거롭더라도 당신이 향의 모든 것을 알기 위해
노력하면 좋겠다. 조금의 번거로움과 수고로움이
향수의 방출 확률을 낮출 수 있다.

르 라보(LE LABO)

베르가못 22 오 드 퍼퓸(Bergamot 22 EDP)

출시	2006년
조향사	다프네 뷔제(Daphné Bugey)
탑 노트	베르가못, 자몽, 페티그레인
미들 노트	오렌지꽃
베이스 노트	베티버, 머스크, 시더우드, 바닐라, 앰버

열두 번째 노트
애증의 무화과 그리고 새로운 가능성

무화과. 호불호가 많은 과일 중 하나다. 어릴 때 교회
권사님이 줘서 먹었던 건무화과는 '세상에 어떻게
이렇게 달콤할 수가 있지?' 두 눈이 번쩍 뜨이며
이십 년이 더 지난 지금도 기억나는 맛이었다. 물론
긍정적인 뜻은 아니다. 예고도 없이 아동기에 만난
건무화과의 충격적인 당도는 한동안 무화과라는
과일을 쳐다보지도 않게 했다(쫀득쫀득한 식감만은
괜찮았다).

어른이 되고 자취하면서 식습관을 많이 고치게
되었고, 재료 본연의 맛을 즐기게 되면서 도전한 여러
가지 음식과 식재료가 있었다. 가장 진취적인 성과는
가지와 무화과다. 세상에, 가지랑 무화과가 그렇게

맛있을 줄이야(이 문장을 읽으면서 미간을 찌푸리는
사람도 많겠지).

특히 무화과에 대한 새로운 발견은 정말
재미있었다. 하지만 무화과에서도 나와 과일 향 사이의
애증 관계는 여전했다. 모든 과일을 좋아하지만,
이상하게도 향으로 만나는 과일은 인위적이고 어딘가
삐뚤어진 향으로 느껴졌다. 그래서 프루티 노트를 점점
더 멀리하게 되었는지도 모르겠다(심지어 딸기 맛
츄파춥스에서 나던 딸기 향마저 너무 싫어했다).

왜 과일 본연의 맛과 향은 좋은데
그 향기가 향수로 되면
왜 하나같이 다 이상하고 어색했을까?

이 괴리감으로 과일 향의 향수를 조금씩 포기하기
시작했을 때, 무화과는 나에겐 새로운 도전이었다.
이렇게 맛있는 과일이니까 향으로 만나도 맛있게
느껴지지 않을까? 그 무화과의 슴슴한 매력이 향에서도
느껴지지 않을까?

나의 기대와는 달리 무화과가 메인인 향수를 처음
맡으니, 어릴 때 그 건무화과의 충격이 다시 살아나는
것 같았다. 와우, 대체 이 크리미함은 뭐지? 코코넛을
때려 부어 놓은 것 같은 크리미한 질감과 향기 그리고
느끼함. 비단 그 향수뿐만 아니라 무화과를 메인으로
하는 많은 향수가 코코넛의 크리미한 질감과 함께
표현되고 있었다.

　　'대체 왜? 무화과의 향기만 보여 주면 안 되나?',
'크리미하고 느끼한 무화과 그리고 코코넛의 어울림은
왜 필수처럼 만들어지는 거지?' 다양한 궁금증이
생겼지만 궁금증을 해결하기도 전에 나는 무화과
향수를 멀리하게 되었다(에이!).

　　그렇게 과일 향수는 별로라고 마냥 생각하다가,
무화과 향수에 코코넛 노트가 많이 들어가는 이유를
알게 되었다. 무화과나무 아래에 있으면 코코넛의
크리미한 향기가 솔솔 난다는 이유였다. 아! 그런
이유였구나. 이유 없이 무화과랑 코코넛을 섞어 놓은 게
아니었구나. 무화과나무 자체가 코코넛이 연상되는
향을 갖고 있었구나. 그런 줄도 모르고 애먼 코코넛을

갔다 났다고 되게 구박했다. 미안하게.

　무화과에 코코넛이 더해지는 이유를 알게
되었어도, 사실 크리미하고 느끼함이 느껴지는 무화과
향기는 전혀 내 취향이 아니었다. '아, 나는 평생
무화과 향기와는 친해질 수 없겠구나' 생각했는데
의외의 향수를 발견하게 되었다. 바로 아쿠아
디 파르마의 '피코 디 아말피 오 드 뚜왈렛'이다. '와!
이런 맑은 느낌의 무화과 향기라면 얼마든지
환영이지'라고 생각했다. 하지만 모든 게 완벽할 수는
없는 법. 피코 디 아말피는 향이 깨끗하고 가벼운 대신
지속력과 강도가 너무 아쉬웠다. 부향률을 높이면
어땠을까 생각도 해 봤지만 그랬다면 또 이 싱그러운
느낌이 없었겠지. 참 아쉬웠다.

　야속하게도 참 쉽게 날아가는 향기를 붙잡고자
수시로 뿌리다 보니 향수를 금방 다 써 버렸지만,
재구매를 할 정도로 나의 마음을 빼앗지는 못했다.

　모처럼 무화과의 매력에 다시 빠지나 싶었는데
생각보다 큰 아쉬움이 있었다. 그렇게 다시 무화과에
관한 관심은 사그라들기 시작했고, 내 기억 속에서

무화과와 무화과 향수의 자리는 점점 좁아져만 갔다.

어느 해의 추석쯤, 과일 향이 메인인 향수 콘텐츠 촬영을 하며 시장에서 다양한 과일을 쇼핑하다가, "무화과 한 박스 만 원!"을 외치는 시장 아저씨의 말에 나는 모르게 발걸음을 옮겨 만 원을 지불하고 있었다. 그때를 회상하자면 박스 속 무화과의 보랏빛이 빛나고 있는 것 같은 느낌적인 느낌이었다.

촬영을 모두 마치고 과일을 집에 가져간 뒤, 하나하나 키친타월로 감싸서 보관하는 정성까지 발휘하며 먹은 무화과는 정말 맛있었다. 어릴 때 먹었던 건무화과의 충격적인 단맛이 아니라, 적당히 슴슴하면서 달콤한 맛이었다. 맛있게 먹고 있는 도중에 혀가 이상하게 계속 얼얼하면서 마비되는 것 같아 뭐지 싶었더니 다름 아닌 알레르기 반응이었다.

세상에, 살면서 음식에 알레르기 반응이 생기다니! 근데 그게 무화과라니! 너무나 충격적이었지만 먹는 것을 멈출 수는 없었다. 찾아보니 무화과 껍질이 알레르기 반응을 일으킬 수 있고, 껍질을 벗겨 먹으면 괜찮다는 글을 보고 껍질을 벗겨 나머지 무화과를

먹었다. 그런 나를 보던 남편은 대단한 사랑이라고
표현했다.

알레르기 반응이 있어도 포기할 수 없었던 무화과
때문인지, 무화과 향수에 대한 관심은 다시 살아나기
시작했다. 하지만 리뷰하면서 만난 무화과 향수는
끝내 취향의 문을 열지 못했고, 무화과의 불씨는 또
꺼져 가는 듯했다. 그러던 중 한 구독자가 보내 준 향수
디스커버리 세트에 들어 있던 무화과 향수는 새로운
무화과의 세계를 가져다줬다. 지금도 무화과를 먹을
때마다 껍질을 벗겨야 하고, 웬만한 무화과 향기는
아직도 느끼하다 여기지만, 새로 만난 향수의
무화과에서 가능성을 발견할 수 있었다.

향기라는 것은 정말정말 오묘해서 단독으로 쓰일
때 어떤 냄새를 갖고 있다 하더라도 다른 향료와 어떻게
만나냐에 따라, 얼마나 희석되냐에 따라서 그 느낌과
향기가 굉장히 달라질 수 있다.

싫어하는 향기라도 너무 싫어하지 말자. 포기하지
않다 보면 언젠가는 나에게 무화과의 새로운 세계를
열어 준 향수처럼, 싫어하는 향기를 싫어하지 않는

방법으로 표현하는 향수를 당신도 만날 수 있을지
모른다.

　　아직도 과일이 들어간, 특히 무화과를 메인으로
하는 향수는 너무나도 내 취향이 아니라고 생각했지만,
이제 일주일에 두세 번은 무화과가 메인인 향수를
뿌린다. 내가 이렇게 될 줄은 몰랐지만, 취향은 변하기
마련이다. 당신도 너무 철벽을 치지 않으면 좋겠다.

에센셜 퍼퓸(Essential Parfums)

피그 인퓨전 오 드 퍼퓸(Fig Infusion EDP)

출시	2022년
조향사	나탈리 로슨(Nathalie Lorson)
탑 노트	무화과, 만다린오렌지, 클레멘타인
미들 노트	프리지어, 오렌지꽃, 블랙티
베이스 노트	시더우드, 샌달우드, 벤조인

열세 번째 노트
할머니의 옷장

어릴 적 나를 키운 할머니는 평양 부자의 둘째 딸로
태어나셨다. 일제강점기를 겪으며 할머니의 아버지,
그러니까 증조할아버지는 독립운동가 이승훈 선생님의
제자로, 독립운동을 위해 그 재산을 모두 사용하신
분이었고 어려운 삶을 사셨어도 증조할아버지는
할머니의 자랑이었다.

　　할머니 이야기에 따르면 증조할아버지는 그때
보기 힘든 멋쟁이에 유학까지 다녀오신
엘리트였다(일제강점기 때 유학이라 해서, 어린 나이엔
'설마 우리 집안이 친일파인가? 증조할아버지는 친일파
인사였나?' 심각하게 고민했던 적이 있었지만, 뒤에서
독립운동 자금을 댔던 분이셨다).

멋쟁이 증조할아버지의 영향인지 할머니는 몇 없는
옷도 멋들어지게 소화하는 재능을 가지셨다.

할머니는 동네 아파트 단지와 교회에서 꽤 유명
인사였는데, 부산 사투리의 홈그라운드에서 혼자 평양
사투리를 쓰셨고, 남다른 패션 감각과 교양 있는
언행으로 유명하셨기 때문이다. 옷장 안에 있는 할머니
외출복은 기본 삼십 년이 넘은 것이었지만, 얼마나
관리를 잘하셨는지 세월의 티가 전혀 나지 않았다.

내가 할머니를 표현하는 여러 단어 중 '본 투 비Born
to be 양반'은 할머니 이미지가 동네에서 어땠는지를
가장 잘 보여 주는 단어다. 아파트 단지에서 마주치는
아주머니들은 나에게 할머니가 얼마나 곱게 나이
들었는지 칭찬하며, 자신도 우리 할머니처럼 늙고
싶다고 이야기할 정도였다(물론 속으로 '우리 할매 성질
머리를 몰라서 그래요'라고 생각했지만).

할머니에 대해 조금 더 이야기하자면 옷에 대해
당신만의 확고한 기준이 있었다. 집에서 입는 옷,
쓰레기를 버리거나 슈퍼마켓 갈 때처럼 아파트 단지
안에서 입는 옷, 교회에 가거나 약속이 있을 때 입는

옷은 모두 달라야 한다고 하셨다. 후드 티나
운동복처럼 캐주얼한 옷은 당연히 질색하셨다(내가
대학생 때 지하상가에서 사 온 하트 무늬 후드 티를 보고
"어디서 그런 거지도 안 입을 거적때기를 사 왔어!"라고
하셨다. 좀 더 정확히 말하면 '그지새끼'라고 하셨다).
내가 매니큐어에 한참 빠져 있을 때 파란색, 보라색,
초록색 매니큐어를 바르면 대체 손톱, 발톱에 무슨
짓을 한 거냐며 질색하셨지만 빨간색 계열을 바르면
예쁘다고 칭찬하셨다.

　　악몽을 자주 꾸시는 할머니를 깨워 드려야 했기에,
언제나 나의 잠자리는 할머니 안방이었다. 할머니는
침대, 나는 바닥에서 잤다. 주말에 늦잠을 자는 건
전혀 문제가 아니었지만, 보료 위에서 뒹굴뒹굴하며
늦잠을 잘 땐 발로 내 엉덩이를 차셨다(여든을 넘긴
할매의 등짝 스매싱과 발길질이 얼마나 아픈지는 맞아
본 사람만이 알 수 있다). 하지만 이불 정리를 하고
할머니 침대 위에서 뒹굴뒹굴하는 건 괜찮았다.
그러니까 당신만의 기준에 부합하지 않으면 가차 없이
비난하셨지만(단어가 과하다고 느낄 수도 있지만

비난이 맞다) 당신의 기준을 충족하면 세상에 둘도 없는 너그러운 분이셨다.

　　그런 할머니의 옷장 오른쪽엔 오래되었지만 세련된 디자인의 가방과 향수 한 병이 있었다. 향수를 늘 뿌리시던 분은 아니었지만, 할머니는 나이가 들면 노인 냄새가 날 수밖에 없다며 그 불쾌한 냄새를 누구보다 경계하셨다. 그래서 집 밖에 나갈 땐 항상 향수를 뿌리셨고, 나에게 그 향수는 할머니의 냄새가 되었다. 누군가(아마도 고모나 사촌 언니)에게서 선물 받은 그 향수가 할머니 취향이었는지 아니었는지는 잘 모르지만, 썩 마음에 들어 하셨던 것은 분명하다. 가끔 나도 그거 뿌리고 싶다며 할머니 향수 어디 있냐 물으면 할머니는 끝까지 모른 척하며 대답하지 않으셨다(몰래 뿌릴 수도 있었지만, 등짝 스매싱이 무서웠다). 향수병의 실루엣과 향기만 어렴풋이 기억날 뿐이다.

　　할머니의 냄새가 무엇인지 정확히 알지 못했지만

　　"인생에서 가장 기억에 남는 향기가 뭐죠?"

이 질문에 할머니의 향기가 다시 떠오르기
시작했다.

'프루스트 효과'라는 용어가 있다. 깊숙하게 묻혀
있던 기억이 특정 감각의 자극으로 되살아나는 것을
말한다. 소설 〈잃어버린 시간을 찾아서〉에서 주인공이
잊고 있던 기억을 마들렌 향기로 되돌리는 것처럼,
할머니의 향수 냄새는 오랜 시간 잊고 지냈던 할머니를
기억하게 했다. 책을 쓰는 지금도 할머니의 향수 냄새가
코끝을 맴도는 것 같다.

냄새는 느껴지는 것 이상의 것을 담고 있다.
스위치를 껐다 켰다 하는 것처럼 내가 조절도 할 수
없어, 언제 어떻게 불시에 생각하지 못한 감정과 기억을
불러일으킬지 모른다. 이게 행복인지 불행인지는
모르겠지만 말이다. 그래도 좋은 기억으로 많은 것을
담아내면 그립더라도 가끔은 행복할 수 있지 않을까?

록시땅(L'Occitane)

로즈 4 레인 오 드 뚜왈렛(Rose 4 Reines EDT)

출시	1990년
조향사	카린 듀브릴-세레니
	(Karine Dubreuil-Sereni)
탑 노트	제비꽃잎, 베르가못, 커런트잎
미들 노트	장미
베이스 노트	머스크, 샌달우드, 시더우드,
	헬리오트로프

열네 번째 노트
고기도 먹어 본 놈이 먹을 줄 안다

"고기도 먹어 본 놈이 먹을 줄 안다." 많이들 하는 말이다. 뭐든 경험해 본 사람이 더 잘한다는 뜻이다. 맞다. 언제나 예외는 있지만 한 번이라도 더 경험해 본 사람이 무엇이든 더 잘할 가능성이 더 크다.

나는 카페에서 아메리카노만 마시는 사람이다. 여름엔 아이스, 그 외의 계절은 따뜻하게. 목 컨디션 때문에 커피를 마실 수 없을 땐 부득이하게 차 종류를 선택하지만, 그런 경우를 빼고는 늘 아메리카노만 마신다. 왜냐고 묻는다면 좋아하고 맛있으니까. 카페인을 들이부어도 효과가 전혀 없는 집안 내력 때문인지 하루에 너덧 잔도 전혀 문제가 없다(물론 지금은 자제 중입니다).

늘 아메리카노만 마셔도 가끔 다른 걸 마시고
싶을 때가 있다. 그래서 한참 메뉴판을 정독하고
고민하지만, 결국은 아메리카노다.

친구와 카페에 갈 때도 메뉴판을 보지도 않고서
아메리카노를 주문할 때가 있으며, 주문하는 친구
옆에서 미련을 버리지 못하고 메뉴판을 참고서처럼
읽으며 결제하는 그 순간까지 고민하지만, 결국은
아메리카노를 주문하고 자리로 돌아올 때도 있다.
그렇게 고민하지만 돌고 돌아 결국 아메리카노만
마시는 이유는, 좋아한다는 이유를 빼더라도
'다른 음료를 마셨을 때 아메리카노만큼 만족감이
클까?' 하는 생각 때문이다.

소꿉친구 중에 정말 신기한 메뉴를 잘 시키는
친구가 있다. 무난한 음료를 시키기도 하지만, 새로
나왔거나 비주얼이 화려한, 엄청난 메뉴를 잘 시키는
친구다. 물론 그 시도가 늘 성공하는 것은 아니지만
가끔 그 친구의 도전 정신이 부러울 때가 있다.

얼마 전, 생전 찾지도 않던 음료수를 마시고 싶어
출근하는 길에 편의점을 들렀다. 특별히 생각한 메뉴가

고기도 먹어 본 놈이 먹을 줄 안다

있는 것은 아니었지만, 막상 편의점 냉장고 앞에 서니 너무나 많은 음료수 종류에 당황해 버리고 말았다.

명확하게 무슨 음료수를 마시고 싶은지 마음속으로 정하고 간 것도 아니었고, 그냥 뭔가가 마시고 싶다는 생각으로 간 것이기 때문에 더욱 당황했을지도 모른다. 편의점을 아예 안 다니는 것은 아니지만 주로 맥주와 안주를 살 때뿐이어서 그런지 낯선 광경에 손발이 주춤하고 있었다.

음료수를 고르기 위해 손을 뻗었지만 어디로 가야 할지 몰라 방황하고 눈은 맥주 칸을 향하고 있었다. 종류가 많았지만, 어딘가 비슷비슷한 느낌의 음료수라 뭘 골라야 할지 정말 어려웠다.

결국 내가 고른 것은 '솔의 눈'이었다. 평소에 좋아하기도 했고, 무엇보다도 잘 아는 맛이었으니까. 계산대로 향하면서 고작 아는 이 맛을 고르려고 이렇게 비장하게 편의점을 들어왔나 하는 생각과 알 수 없는 억울함에 1+1을 하는 주스까지 함께 계산대에 올려놨다. 그렇게 사무실로 터덜터덜 걸어오며 '낯섦'이란 게 이런 거였나 하는 의문이 들었다. 그 많고

열네 번째 노트

많은 음료수 중에 결국 내가 선택한 것이 아는
그 맛이라니.

　내가 편의점에서 느꼈던 당혹스러움과 낯섦,
어려움을 분명 누군가는 향수 매장에서 겪고 있겠지.
수많은 향수 중에서 뭘 골라야 할지 모르겠고, 무슨
향수를 시향해야 할지도 모르겠고. 직원이 추천해
준, 엄청나게 마음에 드는 건 아니지만, 친절하게
시향을 도와준 직원에게 큰 미안함과 고마움을 느껴서
왠지 구매를 해야 할 것 같은 부담감이 지갑을 열게
만드는 상황.

　그렇게 그럭저럭 나쁘지 않은 향수를 구매하고
집으로 돌아오며 '이 향수 괜히 샀나' 싶은 상황. 아니면
늘 쓰던 향수를 바꾸기 위해 매장에 갔는데 수많은
선택지 앞에서 뭘 골라야 할지 모르는 상황 말이다.

　편의점이 준 결론은 뭐든 많이 경험해 봐야 한다는
것이었다. 편의점에서 얻은 깨달음치고는 꽤
거창하지만. 낯설고 어려운 분야라도 여러 번 시도해
봐야 익숙해질 수 있다. 처음부터 잘 알고 좋은 선택을
할 거란 기대는 애당초 하지 않는 것이 좋다.

고기도 먹어 본 놈이 먹을 줄 안다　　　　　93

익숙해지기 전까지는 무섭고 어리바리할 수밖에 없다. 이 과정을 생략하기란 쉽지 않아 보인다. 하지만 낯선 향기도 맡다 보면 점점 코에 익숙해지는 것처럼 모든 경험은 익숙해진다. 너무 무서워하지 말자.

톰 포드(TOM FORD)

블랙 오키드 오 드 퍼퓸(Black Orchid EDP)

출시	2006년
조향사	데이비드 아펠(David Appel), 피에르 네그린(Pierre Negrin)
탑 노트	블랙트러플, 베르가못, 블랙커런트, 일랑일랑, 만다린, 재스민, 가드니아
미들 노트	블랙오키드, 연꽃, 프루티 노트, 플로럴 노트, 스파이시 노트
베이스 노트	머스크, 인센스, 초콜릿, 파출리, 샌달우드, 베티버

열다섯 번째 노트
노트와 노트 사이

"아는 것이 힘이다." 철학자 프랜시스 베이컨의
명언이다. 아는 것은 살면서 정말 많은 힘이 된다.

조향사가 되기 전, 교육 회사를 십여 년 가까이
다니다가 '일신상의 이유'로 그만두었다(휴대폰에
저장되어 있던, 팔천 개 넘는 학생과 학부모의 전화번호와
메신저 목록을 지우는 데 꼬박 사흘이 걸렸다). 수많은
학생과 학부모를 상담하며 정말 다양한 사람을
만났는데, 상당히 많은 학생이 왜 공부해야 하는지
이유를 몰랐다. 그럴 때마다 내가 해 주던 말이 있었다.

"너 유튜브 볼 때 화질 뭐로 봐? 1080으로 보지?
고화질로 보다가 저화질로 볼 수 있겠어? 480짜리
화질로 좋아하는 연예인 영상, 게임 영상 이런 거 볼 수

있겠어? 못 보지? 그래. 그게 공부해야 하는 이유야.
공부하고 아는 것이 많아질수록 세상의 화질이 점점
더 고화질이 될 거야. 공부를 안 해도 살아갈 수는
있지만 앞으로 네가 만날 세상의 화질이 고화질이
되기는 어려울 거야."

좋은 대학, 좋은 직장을 위해 지식을 무조건 많이
쌓아야 한다는 뜻은 아니다. '공부를 잘하는 것'과
'아는 것'은 상당히 다르니까.

몇 년 전 본 영국 드라마 〈셜록〉에 '찰스 어거스터스
마그누센'이라는 악당 캐릭터가 있었다. 꽤 오래전이라
잘 기억은 안 나지만, 그는 모든 사람의 비밀과 약점을
기억하고 있는 캐릭터다. 자신이 아는 남의 약점을 무기
삼아 무소불위의 권력까지는 아니더라도 그 비슷한
것을 휘두르는 악당이었다. 매우 나쁜 예이기는 하지만
"아는 것이 힘이다"라는 말을 잘 보여 준다고 생각한다.

꼭 나쁜 예가 아니더라도, 살면서 아는 것은
상당히 중요하다. 하지만 향수는 꼭 그렇진 않다. 가끔
모르는 것이 더 도움이 될 때가 있다. 향수의
영역에서는 말이다.

간혹, 아니 꽤 많은 사람이 향수 회사에서 표기한 탑·미들·베이스 노트만 보고 향수를 선택한다. 그간의 경험으로 글자가 말하는 노트의 향을 알고 있기 때문이다. 그러다 보니 직접 향을 맡기도 전에 고정관념에 사로잡혀 향수를 고르는 경우가 많다.

하지만 향수는 생각보다 복합적이다. 단순히 글자로 표현한 향기를 그대로 가진 경우도 있지만, 표현되지 않는 수많은 향료와 그 비율에 따라 다른 향을 가질 수도 있다.

시향하기도 전에 "내가 싫어하는 향료가 들어갔으니까 고르지 않겠어"라고 말하는 사람을 보면 아쉬울 때가 많다. 어떻게 보면 '아는 것'이 만든 고정관념으로 인해 기회를 그냥 뻥뻥 날려 버리는 것과 다름없기 때문이다.

아는 것과 고정관념은 다르지만, 때론 아는 것이 고정관념을 초래한다는 것을 부인하기란 어렵다.

에따 리브르 도랑쥬(Etat Libre d'Orange)

유 오어 썸원 라이크 유 오 드 퍼퓸

(You or Someone like you EDP)

출시	2017년
조향사	캐롤라인 사바스(Caroline Sabas)
노트	공개되지 않음

열여섯 번째 노트
알코올과 오일 그리고 물

난 화장을 안 해도 립스틱은 꼭 바르는 편이다. 입술에 색이 워낙 없는 편이라 아무것도 바르지 않으면 환자 얼굴이 되기 때문이다. 예전에 회사 다닐 때 아침을 먹느라 립스틱을 깜빡하고 출근하자 부장님이 걱정 가득한 얼굴로 어디 아프냐고 물었다. 그게 점점 익숙해지니 막상 진짜 아파서 불쌍해 보이는 얼굴로 있으면 립스틱을 바르라는 말을 들었다.

어릴 땐 입술 색이 콤플렉스라 입술 문신도 고민했던 적이 있었지만 "상갓집 가서 쥐 잡아먹었냐는 소리 들어야 정신 차릴라니?"라는 할머니 말씀에 바로 포기했던 일도 있었다.

그러다 보니 어릴 때부터 립스틱, 틴트, 색 있는

립밤 등 다양한 립 제품을 발랐다. 촉촉하고 글로시한 립스틱을 선호할 때도 있었고, 잘 지워지지 않는 틴트를 선호할 때도, 매트한 질감을 선호할 때도 있었다. 재미있는 것은 같은 색이라도 립스틱 질감에 따라 색이 다르게 느껴질 때다. 지금은 매트한 제형을 선호하는데, 매트한 립스틱의 빨간색은 글로시한 빨간색과는 확연히 다르다. 같은 매트 립스틱이라도 질감과 형태에 따른 차이도 있다.

향수도 제형에 따라 차이가 있다. 향료를 어디에 희석했는지에 따라 사용법, 효과가 매우 다르다. 먼저, 가장 많이 볼 수 있는 향수는 향료를 알코올에 희석한 알코올 베이스다. 알코올이 용제이기 때문에 확산력이 좋다. 하지만 알코올이 고농도이기 때문에 피부 자극을 주는 경우도 종종 있다.

두 번째는 요즘 많이 나오는 워터 베이스다. 말 그대로 물에 향료를 희석한 것인데, 향료는 오일이라 서로 섞이지 않는다. 그래서 가용화제를 넣어 이 둘을 섞지만 층이 분리될 수 있으니 뿌리기 전에 흔드는 것을 권한다. 굳이 표현하자면 알코올 베이스에 비해 순한 맛(?)이라 할 수 있다. 그래서 대부분의 베이비 향수가 워터 베이스로 나온다. 워터 베이스는 대부분 향수병이 불투명한데 향료와 정제수가 섞여 뿌옇기 때문이다.

또 많이 보이는 향수는 오일 베이스다. '롤온 타입'이라고 바르는 형태의 향수다. 오일 베이스라 지속력이 좋지만, 반대로 확산력이 다소 아쉬울 수 있다.

"같은 이름인데 스프레이랑 롤온이랑 같은 향인가요?", "써 봤는데 같은 느낌인 것 같으면서 달라요"처럼 이름은 같은데 제형이 다른 향수를 보고, 이게 같은 향인지 묻는 사람이 꽤 있다. 향이 다른 이유는 제형에서 오는 차이 때문이다. 알코올 베이스 향수와 오일 베이스 향수는 지속력과 확산력 모두 차이가 크다. 특히 확산력이 다르면 같은 향이라 하더라도 첫 느낌부터 달라지기 때문에, 같은 향이라고 느끼지 못할 가능성이 크다.

당신에게 맞는 제형이 어떤 것인지 확인하고 취향에 맞는 향수를 써야 더 큰 만족감을 느낄 수 있다.

바이레도(BYREDO)

발다프리크 오 드 퍼퓸(Bal d'Afrique EDP)

출시	2009년
조향사	제롬 에피네트(Jérôme Epinette)
탑 노트	베르가못, 부추, 네롤리, 레몬, 메리골드
미들 노트	시클라멘, 재스민, 제비꽃
베이스 노트	앰버, 머스크, 베티버, 시더우드

열일곱 번째 노트
원래 그런 맛이야

열 살 이전의 나를 생각해 보면 뭐랄까. 좋게 말하면
단순한 순둥이였고 나쁘게 말하면 바보였다. 영특한
부분이 있었는지는 잘 모르겠으나, 특정 부분에서는
정말 바보였음이 틀림없다.

엄마를 비롯한 어른들이 "애가 그렇게
착했어~"라는 멘트와 함께 잊을 만하면 꺼내시던
에피소드는 바로 식사와 관련된 것이었다.

밥을 먹을 때 엄마는 편식을 절대 용서하지
않으셨다. 하지만 어린이 입맛에 모든 반찬이 맛있었을
리는 없다. 분명 좋아하는 반찬이 있고 그렇지 않은
반찬이 있었다. 아직도 기억나는 반찬은
시금치무침이었다(지금이야 굉장히 좋아하지만). 어릴

때 시금치무침은 그다지 나의 취향이 아니었던 것으로 기억한다.

골고루 먹으라며 엄마가 숟가락에 시금치무침을 올려 주시면 나름의 소심한 반항을 했었다. 엄마는 절대 그 반항을 수용하는 사람이 아니었고, 시금치무침 위에 밥을 얹어 시금치가 눈에 안 보이게 한 다음 "자, 이제 먹어"라고 하셨던 분이었다. 뒤돌아서 숨기려는 성의(?)도 없는 무심한 페이크였지만 거기에 넘어가는 내가 있었다. 눈앞에서 밥 밑에 시금치가 깔리는 걸 보면서도, 일단 눈에 안 보이니까 그냥 잘 먹는 애였다(그래. 바보다. 바보였음이 틀림없다).

숙모에게 들은 또 다른 일화도 있다. 숙모가 삼촌과 결혼하기 전인지 혹은 신혼 때인지 기억은 잘 나지 않지만, 식구가 다 모여서 음식을 준비할 때였다고 한다. 내가 엄마 등에 업혀 있을 때였는데, 엄마는 음식 준비를 하며 등에 업힌 나에게 반찬을 하나씩 먹여 주셨다. 어린 나는 대부분 잘 받아먹다가 입맛에 맞지 않는 반찬이 입에 들어오면 맛없음을 온몸으로 표현했는데, 그때마다 엄마는 "원래 그런 맛이야. 그냥 먹어"라 하셨다고 한다. 그러면 난 또 조용히 잘 먹었다. 이 장면은 숙모에게 아주 큰 인상을 남기며 숙모도 '나중에 애 낳아 키울 때 형님처럼 키워야겠다'고 결심하셨다 한다. 당사자인 엄마와 나 둘 다 기억하지 못하는 이야기지만, 삼십 년이 더 지난 지금도 숙모는 가끔 그 장면이 얼마나 인상적이었는지에 관해 이야기하신다.

"원래 그런 맛이야. 그냥 먹어." 이 멘트는 나의 삶에 전반적으로 영향을 미쳤고, 무난하고 무딘 성향을 더 견고하게 만들었다. 무난하거나 무딘 성향이 취향이 없다는 것과 같은 뜻이라고는 생각하지 않는다. 오히려 수용 범위가 훨씬 더 넓어질 수도 있다는 뜻이라 생각한다. 낯선 냄새를 맡아도 '뭐 이딴 냄새가?'라고 생각하기보다는 '얘는 원래 이런 냄새인가?'라고 생각하니까.

냄새뿐만 아니라 어떤 영역에서든, 수용 범위의 확장은 항상 새로운 발견을 동반하거나 기존의 앎에 깊이를 더한다. 그래서 나는 아주 조금씩이라도 낯선 것에 적응하며 나의 수용 범위를 넓혀 가는 것을

좋아한다. 결코 쉬운 작업은 아니다. 이미 '취향'이란
이름으로 정의 내려진 것을 모두 분해해서 새로운
기준에 따라 재정의해야 하는 일이기 때문이다.
힘들지만 그 이상의 가치는 있다고 생각한다. 상당히
오랜 시간이 필요하고, 끊임없는 인내심을 요구하며,
때로는 길을 잃고 방황할 때도 있지만.

　　나는 영상을 만드는 사람이지만, 정작 영상 매체를
그다지 선호하는 편이 아니다. 영상보다는 글이 더
익숙하고 좋다. 그러다 보니 "이런 게 요즘 트렌드예요.
알아 두셔야 합니다"라는 영상을 보면 도저히
받아들이기 힘든 내용투성이다.

　　'이게 대체 무슨 내용이지?', '이걸 무슨 재미로
보지?', '이런 게 요즘 친구들이 보는 영상이라고?'
처음엔 내용조차 이해하지 못했지만 반강제적으로
보는 '요즘 트렌드' 영상은 정말로 협소한(어쩌면 아예
없는지도 모를) 나의 영상 매체 이해도를 조금씩 넓히고
있었다.

　　그렇다고 당신의 취향을 억지로 바꾸라는 뜻은
절대 아니다. 일 밀리미터씩 넓힌 수용 범위가 가져올

원래 그런 맛이야　　　　　　　　　　　　　107

또 다른 취향이 만드는 즐거움을 허무하게 놓치지 않길 바랄 뿐이다('내가 굳이? 왜?'라는 생각이 든다면 하지 않아도 된다. 어디까지나 당신의 선택이다).

향수의 영역에서 일 밀리미터가 주는 차이는 엄청나다. 일 밀리미터의 차이는 취향을 떠나 향기의 이해도에도 큰 영향을 끼친다.

조르지오 아르마니(Giorgio Armani)

베티베 디베 오 드 뚜왈렛(Vétiver d'Hiver EDT)

출시	2008년
조향사	알베르토 모리야스(Alberto Morillas)
탑 노트	베르가못, 만다린오렌지, 레몬
미들 노트	핑크페퍼, 카다멈, 고수
베이스 노트	베티버, 파출리, 모스어코드

열여덟 번째 노트
향수에 내비게이션이 있다면

사람은 기대한다. 그 대상이 사람이든 환경이든
사물이든. 상호 협의 없이 혼자만의 생각으로
기대하기도 하고, 자극과 반응에 의한 기대를 하기도
한다. 그런데 그 기대라는 것은 정말 주관적이고
종잡을 수 없으며, 물을 준 것도 아니건만 야금야금
그 크기를 키워 나간다. 그래서 혼자 커 버린 기대의
보따리를 열었을 때, 대부분은 기대치보다 낮은
결과물에 실망한다.

누구도 강요하지 않았건만 기대의 크기는
어째서인지 멈추지 않고 자라난다. 이렇게 기대와
실망을 반복하며 부풀었다 쪼그라들기를 반복하는
기대치는, 데이터를 기반으로 대상에 대한 '평균값'을

내기 시작한다. 그리고 그 평균값은 그 대상에 대한 '평가 기준'이 된다. 데이터, 그러니까 어마어마하게 커진 기대와 실망을 통한 쪼그라듦의 과정이 충분히 축적되지 않은 대상은 어떤 결과물을 만나더라도 '평타' 이상의 후한 평을 줄 수 있다.

나를 통해 기대와 실망을 통한 (나름의) 평가 기준에 관해 이야기를 풀자면, 나는 바운더리 안에 있는 사람을 빼고는 남에게 큰 관심이 없는 편이다. 아주 당연하게도 연예인 역시 '내 사람'이 아니기에 크게 관심이 없는 편이다.

이렇게 연예인에게 관심이 없음에도, 나는 아이돌 오디션 프로그램 보는 것을 꽤 좋아했다. 하루는 남편이 정말 진지하게 "자기는 연예인 관심도 없으면서 신기하게 오디션 프로그램은 꼬박꼬박 챙겨 보더라? 거기 나오는 노래 하나도 모르잖아"라고 말했다. 그때 남편에게 했던 대답은 "나도 몰랐는데, 나는 재능 있고 노력하는 애를 좋아하나 봐. 그리고 이 아가들이 성장해 가는 걸 보는 게 정말 재미있어"였다.

참가자가 곡을 받기 전, 선배 가수의 노래를

커버하는 미션이 있는데 어느 프로그램, 어느 시즌을
보더라도 꼭 비티에스와 세븐틴의 노래가 있었다(이때
처음으로 세븐틴의 존재를 알게 되었다). 참가자가 만드는
무대를 보며 '와, 정말 잘한다'라고 생각했다. 프로
수준이라고 할 수 있는 무대도 있었고, 다소 아쉬움이
남는 무대도 있었지만 연습생이라는 것을 고려했을 때
그들의 노력과 무대는 칭찬받아 마땅했다.

　　프로그램이 끝나며 자연스레 나의 관심이
사그라들 때, 영상 플랫폼의 알고리즘을 타고 세븐틴의
라이브를 듣게 되었다(보게 된 것이 아닌, 정말로 듣게
되었다). 그 영상을 듣고 보면서 라이브 무대에 대한
나의 기준이 '어마무시하게' 상향되었음은 말할 필요도
없다.

　　세븐틴의 라이브를 들으며 노래에 대한 기대,
무대에 대한 기대는 걷잡을 수 없이 커졌고 평가 기준
역시 세븐틴에 맞춰졌음은 당연하다.

　　아이돌이 만드는 무대에 대한 나의 기대와 기준이
세븐틴에 맞춰졌을 무렵, 새로운 오디션 프로그램이
시작했다. 그 프로그램을 보기 전까지만 하더라도

기대와 실망의 과정에서 실망을 겪지 않았기 때문에, 기대치가 얼마나 높아졌을지는 말해 무엇하랴. 그런데 새로 시작하는 오디션 프로그램을 보며 약 두 시간 동안 나의 미간은 몇 번을 빼고 내내 구겨져 있었다.

사실 데뷔도 하지 않은 참가자의 무대를 세븐틴의 기준으로 본다는 것 자체가 어불성설이다. 하지만 특별한 실망 없이 무한대로 크기를 키운 나의 기대치는 말도 안 되는 기준으로 참가자를 평가하고 있었다. 세븐틴이라는 데이터를 통해 새로운 기준이 생기기 전에는 기대치와 기준 자체가 없었기 때문에 오디션 프로그램 참가자에게 후한 평가가 자연스럽게 나왔다.

기대와 실망 그리고 데이터를 통한 기준은 비단 좋아하는 연예인에만 해당하는 것은 아니다. 향수의 영역 역시 '어마무시하게' 기대하도록 만들고, 비극이다 싶은 정도의 실망을 안겨 주며 고무줄을 늘였다 줄였다 하는 것처럼 기준을 극한으로 만들기도 한다.

나 역시 그러하다. 새로운 향수를 만날 때 그 브랜드에 대한 기대, 조향사에 대한 기대, 브랜드에서 출시한 전작을 통한 기대 등의 데이터가 모여 기대의

크기는 두 손으로 표현하지 못할 만큼 커지지만,
쪼그라들다 못해 새끼손톱만도 못한 크기로 작아져
있을 때가 한두 번이 아니다.

기대와 실망이 반복해 쌓이는 데이터는
고정관념을 만들기도 하지만
더 좋은 것을 찾는 원동력이기도 하다.

실망은 결코 유쾌한 경험이 아니다. 하지만 실망은
'개복치'가 되는 것을 방지하는 아주 중요한 역할을
한다. "개복치가 좀 되면 어떻냐!"고 말할 수 있지만,
개복치가 되는 것보다 되지 않았을 때 경험할 수 있는
것이 비교 불가할 정도로 많다는 것을 알려 주고 싶다.
당신이 향수에서도 많은 기대와 실망을 통해
데이터를 쌓으면 좋겠다. 그 데이터는 고정관념이기도
하지만, 당신만의 향수를 찾아가는 내비게이션이
되기도 하기 때문이다.

샤넬(CHANEL)

파리-파리 레 조 드 샤넬 오 드 뚜왈렛

(Paris-Paris Les Eaux de CHANEL EDT)

출시	2022년
조향사	올리비에 폴쥬(Olivier Polge)
탑 노트	시트러스 노트, 레몬, 핑크페퍼
미들 노트	장미
베이스 노트	파출리

열아홉 번째 노트
이거랑 비슷한 향수는 뭐가 있냐고요?

향수를 평가하는 기준 중 절대 빼놓을 수 없는 것이 '독창성'이다. 향수의 독창성은 하우스와 조향사의 스토리를 오롯이 표현하며 더 나아가 정체성이라고 말할 수 있기 때문이다. 그래서 나는 하우스의 정체성과 향수의 독창성을 모두 가진 향수를 좋아한다.

　향수 크리에이터 일을 하면 꽤 많은 사람이 "이 향수랑 비슷한 향수는 뭐가 있을까요?"라는 질문을 한다. 그럴 때마다 나는 그들이 원하는 답을 바로 말해 주기보다는 "왜 그 향수가 아닌 비슷한 향수를 찾으세요?"라고 되묻는다. 이 질문에 대답 유형은 크게 세 가지로 나뉜다. 첫 번째는 그 향수가 단종되어 가능하다면 비슷한 느낌을 찾고 싶어서, 두 번째는 지속력이나 확산력 등에 아쉬움이 있거나 알레르기 반응 등으로 그 향수를 쓸 수 없어서, 그리고 마지막은 그 향수가 마음에 들긴 하지만 비싸서.

생각보다 세 번째 이유를 대는 사람이 많다. 사실 그 질문 속에는 이미 답이 정해져 있다. "향이 맘에 들지만 그 정도까지 돈을 주고 사고 싶진 않아. 그러니 같은 향을 가진 훨씬 더 싼 향수를 알려 줘."

처음엔 이 답을 모르고 정말 비슷한 느낌이거나 비슷한 향조를 가진 향수를 추천했다. 당연히 그들이 원하는 답은 아니었다. 쳇바퀴를 빙빙 돌 듯 "아니…. 그거 말고 혹시 다른 건 없나요?" 등의 대답을 하는 사람을 보며, 추천해 달라 해서 추천했는데 대체 뭘 더 요구하는 건지 이해할 수 없었다. 나는 그들을 이해하지 못해 답답하고, 그들은 원하는 답을 얻지 못해 답답할 그때, 나의 무지라면 무지를 해결해 줄 질문이 나타났다.

"네이버에서 파는 모 브랜드의 ** 타입 향수, 오리지널 향수랑 향이 똑같을까요?"

이거랑 비슷한 향수는 뭐가 있냐고요?   117

사실 별 뜻 없이 넘길 수도 있는 질문이었지만, 왠지 그냥 넘기면 안 될 것 같은 촉이 스쳐 지나갔다. "글쎄요. 저는 카피 향수는 사 보지도, 맡아 보지도 않아서 잘 모르겠어요. 오리지널 향수가 아니라 카피 향수를 찾는 이유가 있을까요?"라는 나의 질문에 "백화점에서 시향한 오리지널 향수의 향이 아주 맘에 들었지만, 그 돈을 주고 사기엔 너무 비싸다는 생각이 들었고, 싱크로 구십구 퍼센트라고 광고하는 카피 향수를 써 보려고 한다"는 답을 들었을 때, 난 어떻게 반응해야 할지 고민이 많았다.

마음 같아서는 "그게 무슨 말도 안 되는 소리예요!"라 말해 주고 싶었지만 그럴 수는 없었다. 최대한 부드럽게 "카피 향수는 오리지널 향수와 절대 같을 수 없는데 향료의 차이가 커서 향의 퀄리티나 지속력, 발향력에서 차이가 나요. 절대 같은 향수, 같은 향기라고 말할 수 없으며 오리지널을 그대로 따라 해서 만든 제품은 짝퉁과 다를 바 없습니다"라고 말했지만 잘 먹힌 것 같지는 않았다. 결국 그 질문을 했던 사람은 카피 향수를 구매했다(하나를 사면 두 개를 공짜로 주는 게 엄청났나 보다).

참 신기한 일이다. 짝퉁 향수엔 그렇게 민감하게 굴면서, 카피 향수는 왜 그렇게 관대히 받아들일까? 어찌 되었든 나는 소신 있게 답변을 해 줬고 개인의 선택을 강제할 수는 없었기 때문에 그렇게 아쉬워하며 그러려니 했을 때, 또다시 연락이 왔다. 구매한 향수의 향이 이상하다고, 알코올 냄새만 나고 자신이 아는 그 냄새가 하나도 나지 않는다고.

거기다 대고 "거봐요. 제가 뭐랬어요!"라고 말하는 눈치 없는 짓은 하지 않았지만, 내 마음은 "거봐요! 누가 그런 거 사랬어요! 사면 후회한다고! 사지 말라고 했잖아!"라고 소리치고 싶었다.

유명한 향수를 인터넷에서 검색하면 오리지널보다 카피 향수가 더 상위에 노출되는 것도 참 아이러니한 상황이다. 카피 향수를 만들어서 버젓이 판매하는 업체 잘못인지 카피임을 알면서도 찾는 소비자 잘못인지, 누구 잘못이 더 먼저인지는 모르겠다(닭이 먼저인지 달걀이 먼저인지와 같은 수준 아닐까).

전 세계적으로 많이 팔린 향은 어떤 뜻으로는

이거랑 비슷한 향수는 뭐가 있냐고요?   119

'안전빵'이라고 표현할 수 있다. 많이 팔렸다는 것은
많은 이가 좋아한다는 뜻이니까. 물론 좋아하는 것이
향기 자체인지, 브랜드인지, 브랜드 이름값인지는
당사자만 알겠지만.

많이 팔리는 향을 따라 만든 향수가 판매되는
것은 어떻게 보면 당연할 수도 있다. 기본적인 매출을
보장할 테니까. 하지만 자가 증식하는 것처럼, 누가
봐도 카피인 향수를 이름만 바꿔 판매하고, 그 향수가
날개 돋친 듯 팔리는 상황이 달가울 수는 없다. 엄연히
권리를 침해하는 행위이기 때문이다.

흔히 향수는 저작권이 없는 분야라고 한다. 저작권
혹은 특허를 등록하기 위해서는 포뮬러, 그러니까 향료
및 배합비를 모두 공개해야 하기 때문이다(물론 가스
크로마토그래피를 이용하면 대부분의 향료와 배합비를 알
수 있다. 실제로 이런 방식으로 카피 향수가 탄생한다).

설령 저작권이나 특허를 내더라도 향료 하나라도
차이가 있다면, 그것은 같은 향이 아니다. 참 어려운
분야다. 제재할 수 있는 법적인 근거가 있지만 카피
향수를 의도적으로 놔두기도 하는데, 아이러니하게도

카피 향수를 통해 오리지널 향수 판매가 더 늘어날 수 있기 때문이다.

조금은 다른 예지만, 과자를 생각하면 쉽다. 오리지널 과자의 판매량을 늘리기 위한 전략 중 하나로 다른 맛의 과자를 출시하는 것과 같다는 뜻이다.

실제로 다른 맛의 과자가 새로 출시되면 일시적으로 오리지널 과자의 판매량이 줄어들지만, 시간이 지나면서 오히려 오리지널 과자의 판매량이 다시 늘어난다고 한다. 소비자가 훨씬 자극적인 맛에 흥미를 보이다 금방 질려 오리지널 과자로 돌아가기 때문이다. 어쩌면 향수가 과자와 비슷한 전략을 쓰는 걸지도 모른다.

각자의 이익을 좇아가는 것을 나쁘다 할 수는 없다. 하지만 한 번쯤은 다시 생각해 봤으면 하는 바람이다. 무슨 향료가 얼마나 들었는지 알 수 없는 가짜 향수만큼 경계해야 하는 것도 없다(우리나라 안에서 판매하는 카피 향수는 무엇이 되었건 식약처에 성분을 보고하고, 유해 물질 검사를 모두 마친 후 판매하는 제품이다. 향료의 질은 둘째치더라도 유해 물질은 들어 있지 않다. 하지만 이런 과정 없이 작정하고 만든 짝퉁 향수는 당신에게 어떤 안전도 보장하지 않는다).

지금 당장은 아무런 영향이 없겠지만 카피 향수로 어느 순간 향수의 영역에서 오리지널리티를 찾을 수 없게 될지도 모른다. 과연 그게 행복할지 모르겠다.

샤넬(CHANEL)

넘버 파이브 오 드 퍼퓸(No.5 EDP)

출시	1921년
조향사	에르네스트 보(Ernest Beaux)
탑 노트	알데하이드, 일랑일랑, 카시에
미들 노트	재스민, 장미, 붓꽃, 은방울꽃, 카네이션
베이스 노트	샌달우드, 베티버, 머스크, 시벳, 이끼

스무 번째 노트
천 원짜리 소분 병의 교훈

과유불급. 이 말을 모르는 사람이 있을까? 지나침은
모자란 것과 것과 같다는 뜻이다. 뭐든 적당함을
유지하는 것은 참 중요하다. 향수도 마찬가지다.
향수를 뿌릴 땐 적당한 양을 뿌려 향기가 악취가 되지
않게 해야 한다. 향수를 만들 때 역시 조향사의 의도에
맞게 농도와 양을 조합해야 한다. 고급감을 준다며
시벳Civet이나 인돌Indole을 과하게 쓰면, 향수가 아니라
똥 냄새나 공중화장실에 걸려 있는 나프탈렌을 만들
수도 있다.

   '적당히'라는 말은 참 어려운 말이다.
   향수도 마찬가지다.

적당함은 저마다 기준이 다르다. 당신만의
적당함을 찾아야 하는데 우연에 의해 실패 없이
단기간에 적당함을 찾을 수도 있지만, 대부분은 실패와
오류를 통해 적당함을 찾아간다.

그동안 '내돈내산' 향수 리뷰를 하니 쓰지 않고
보관만 하는 향수가 늘어 갔다. 평소에 향수를
소분해서 들고 다니는 편이 아니었는데, 어느 날 어떤
업체에서 펌핑식 소분 병을 출시했고, 소분하는 과정이
상당히 편리해졌다는 것을 보게 되었다.

기존 소분 병은 원래 향수병의 스프레이를 분사해
향수를 옮기는 식이었는데, 향수를 분사하다 흐르거나
소분 병에 완전히 들어가지 않는 경우가 많았다. 그런데
펌핑식 소분 병은 스프레이를 분사하지 않아도
노즐에서 바로 향수를 옮길 수 있다는 장점이 있었다.
새로운 기술이 신기해 하나 사 볼까 싶어 알아봤더니,
생각보다 비싼 가격에 인터넷 창을 바로 껐던 적이 있다.
'병 하나가 이렇게 비싸다고? 에이,
안 쓸란다. 어차피 향수 갖고 다니지도 않는데 뭘' 하고
여우가 신 포도를 보는 것처럼 생각하고 넘어갔던

적이 있다.

그러다 다른 물건을 사러 간 생활 잡화점에서 똑같은 방식의 소분 병을 발견했다. 가격은 겨우 천 원. 궁금한 마음에 다섯 개나 구매하게 되었다. 집에 와서 신나게 종류별로 향수를 소분해서 세 병은 화장대 서랍, 나머지 두 병은 평소 들고 다니는 파우치에 넣어 놨다. 그리고 한 일주일이 지났을까?

'아, 맞다!' 하며 파우치에서 꺼낸 소분 병에는 향수가 절반도 남아 있지 않았다. '뭐지? 나는 한 번도 안 썼는데?' 의아함에 파우치에서 다른 병을 꺼내 보니 그 아이는 멀쩡했다. 그때까지만 하더라도 소분 병에서 향수가 샜다는 생각은 전혀 하지 못했다. 집에 와서 화장대 서랍을 열어 보니 (무려 일주일 만에) 화장대 서랍은 소분 병에서 샌 향수로 엉망이 되어 있었다. 다섯 개의 소분 병 중에 네 개가 불량이었다(그래요. '똥손'입니다).

내가 산 소분 병은 병뚜껑을 열지 않고 병 아래를 향수 노즐에 부착해 펌핑하는 방식이었다. 그런데 노즐을 부착하는 아랫부분에서 향수가 다 새어 버린

것이었다(에라이). 삼십 밀리리터 향수 한 병을 써

보지도 못하고 날려 버린 것이다.

"어휴, 그러니까 하나만 먼저 사서 괜찮은지 보고

사지…. 괜찮은지 아닌지도 모르고 무작정 싸다고 사

놓으니 이런 사달이 나지! 천 원에 눈 돌아가서 욕심

부릴 때 알아봤어야 하는데." 향수로 끈적해진 화장대

서랍을 닦으며 넋두리할 수밖에 없었다.

당신이 소분 병을 쓰면서 여태까지 단 한 번도

새거나 깨지는 등의 불량을 만나 보지 않았다면 정말

운이 좋은 것이다.

굳이 소분 병을 산다면 다소 비싸더라도 평가가

좋은 것을 사길 권한다. 하나를 쓰더라도 괜찮은 것을

써야 나처럼 허공으로 향수를 날려 버린 경험을 하지

않을 수 있다. 향수 개수만큼 소분 병을 사는 것이

부담스럽다면? 소분한 향수를 다 쓴 후, 알코올로 소독

후 다른 향수를 소분할 것을 권한다. 이땐 약국 등에서

파는 소독용 알코올 말고 온라인에서 향수 베이스나

무수알코올을 구하는 게 좋다(소독용은 알코올 함량이

비교적 낮다).

천 원짜리 소분 병의 교훈   127

소분 병에 무수알코올을 넣어 헹구고, 스프레이 노즐까지 모두 소독될 수 있도록 스프레이로 무수알코올을 분사하자. 먼저 넣었던 향수 냄새가 더 이상 나지 않을 때까지 분사를 반복하면 된다. 그리고 스프레이 부분까지 충분히 건조한 후 다른 향수를 소분하면 된다.

그렇게 소분한 향수는 가급적 빨리 쓸 것을 권하는데, 무수알코올로 소독해도 완벽히 건조되지 않고 남아 있는 알코올이 향수에 영향을 미칠 수도 있기 때문이다. 또한 가방 등에 넣어 다니면서 잦은 온도 변화에 노출될 경우 변향이 빠르게 올 수 있다.

간혹 소분한 향수의 존재를 잊고 있다가 유물 발굴하듯 발견했을 때 양도 줄어 있고 향수가 찰랑거리는 게 아니라 꾸덕꾸덕하게 꿀렁거린다면, 알코올이 모두 날아가고 향료만 남아 있는 경우다. 이때는 과감하게 버리자. 여기에 알코올을 넣는다고 살릴 수 있다는 보장은 없다.

아크로(AKRO)

다크 오 드 퍼퓸(DARK EDP)

출시	2018년
조향사	올리비에 크레스프(Olivier Cresp)
노트	다크초콜릿, 헤이즐넛, 코코아, 바닐라, 시나몬

스물한 번째 노트
냄새와 향기의 차이

나와 소꿉친구들은 '먹계'를 한다. 대학생 때 처음
만들어, 오롯이 맛있는 것을 먹기 위해 곗돈을
모았지만 나이가 드니 여행을 가기 위해서도 모으고
있다. 몇 번의 해외여행 중, 2017년엔 일본 도쿄로
여행을 떠나게 되었다.

　여행을 준비하며 휴가 전까지 쉴 틈 없이 일하다가
문득 양말이 해져서 새로 사야 한다는 것을 알았다.
여행을 가기 전날, 점심시간에 밥을 먹고 사무실로
들어가다가 마침 양말을 파는 트럭을 발견했다. 당신이
파는 양말이 중국산과 다른, 얼마나 질이 좋은
국내산인지 신어 봐야 안다며, 절대 벗겨지지 않는
양말이라고 영업하던 아저씨의 '말빨'과 필요 때문에

구매한 양말 다섯 켤레, 거기서부터 도쿄 여행의
비극은 시작되었다.

여행 첫째 날부터 발이 아팠다. 숙소에 돌아와
신발을 벗어 발을 확인하면 까진 곳도, 상처 난 곳도
없이 정말 멀쩡했다. 밑창까지 빼서 이물질이 들어
있나 확인해 봤지만 별 소득이 없었다. 사흘째 되던
날 아픔의 정도는 극에 달했고 하필이면 그날은
디즈니랜드 일정이라 여행 중 가장 많이 걸어야 했다.

한여름의 무더위와 긴 기다림 그리고 발의 통증,
세 가지 콤보는 여행을 최악으로 만들기 충분했다.
힘들었던 디즈니랜드 일정을 끝내고 숙소에 돌아와
보니 양발 엄지발톱엔 새카맣게 멍이 들어 있었다.
누군가에게 발을 밟힌 적도 없는데 대체 뭐지?

네 명이 머리를 맞대고 추리 아닌 추리를 하는데,
양말이 문제가 아니냐는 의문이 제기되었다. 딱히 다른
원인을 알 순 없으니 일단 친구 양말을 빌려 신었다.
그랬다. 발의 통증이 씻은 듯 사라졌다. 통증의 원인은
생각하지도 못했던 양말이었다.

중국산과 비교 불가한, 벗겨지지 않는 쫀쫀함을

자랑하던 국내산 양말이 너무나 쫀쫀해서 발을 계속
압박하고 있었다.

　　그때 양말처럼 한 치의 의심도 하지 않았던 존재가
'빌런'으로 등장할 때가 있다. 향수도 마찬가지다.
알레르기 반응을 일으키거나, 인상을 찌푸리게 하는
불쾌한 냄새의 정체가 생각하지도 못한 향기에서 나올
수도 있다. 당신이 평소 쓰던 향수 혹은 처음 만나는
향수에서 불쾌함을 느꼈다면 그 무엇이라도
용의선상에 오를 수 있음을 알아야 한다. 절댓값으로
변하지 않는 냄새는 있을 수 있지만, 그 절댓값의
냄새를 맡는 코는 변수투성이라는 것도 알아야 한다.

　　하지만 빌런을 만나는 것이 나쁘기만 한 일은
아니다. 빌런의 등장으로 주인공끼리 관계가 더
돈독해지듯이 냄새를 맡을 때 새로운 관점을 제시해 줄
수도 있으니까. 당신이 빌런을 만났다면, 그 정체를 꼭
파헤쳐 보길 바란다.

스물한 번째 노트　　　　　　　　　　　　132

프레데릭 말(Frederic Malle)

뮤스크 라바쥬 오 드 퍼퓸(Musc Ravageur EDP)

출시	2000년
조향사	모리스 루셀(Maurice Roucel)
탑 노트	베르가못, 만다린, 라벤더
미들 노트	앰버, 바닐라, 머스크
베이스 노트	샌달우드, 머스크

스물두 번째 노트
그날 보름달은 그 향수를 뿌렸다

나는 부산에서 초·중·고, 대학교를 모두 졸업했다. 때는
고등학교 삼 학년 어느 여름날, 인천에 사는 사촌
언니가 수능 백 일 전이라며 나를 보러 부산까지
내려왔다.

그날 아침, 담임선생님은 여느 때와 같이 조회를
했고, 나는 조회가 끝나고 선생님에게 이러한 이유로
오늘 야자를 빼고 싶다 말하려 준비하고 있었다.
선생님은 조회를 하면서 수능이 백 일밖에 안 남았는데
야자 좀 그만 빼라며 한 소리를 했다. 그런데 하필
"혜은이 좀 봐! 혜은이처럼 야자 안 빠지고 진득하게
공부를 해야지!"라 말했고 나의 동공은 지진이 난 듯
흔들리고 있었다.

하필이면 처음으로 야자를 빼 달라고 선생님에게
말하려던 날의 조회 내용이 "야자 빼지 마"와
그 예시가 나라니 정말 민망한 상황이었다. 조회가
끝나고 교탁으로 가서 선생님에게 사정을 이야기하고
야자를 빼 달라고 했을 때의 선생님 표정은 정말 온갖
감정을 다 표출하고 있었다.

　　다행히도 선생님은 야자를 빼 줬고 무사히 언니를
만날 수 있었다. 언니의 친구 차를 타고 달맞이고개로
드라이브를 갔다. 부산에서 십 년을 살았지만 막연하게
달맞이고개가 '달이 잘 보이는 곳인가?' 생각만 했던
나에게 처음으로 왜 달맞이고개가 달맞이고개인지를
알게 한 순간이었다.

　　바람 한 점 없는 여름 밤바다에 떠 있는 꽉 찬
보름달은 아름다웠고 사랑스러웠다. 진한 어둠으로
달을 밝혀 주는 바다는, 커다란 보름달이 아름답게
빛날 수 있게 하는 캔버스 같았다. 십여 년이 지난
지금도 바다 위에 뜬 그 달의 모습을 잊을 수 없다.
열아홉 살 때 만났던 달맞이고개의 화려한 보름달은
십여 년이 흘렀어도 사진처럼 기억 속에 박혀 있었다.

시간이 흘러 향수 관련 콘텐츠를 제작하며 구독자의
요청으로 구매하게 된 어느 향수가 있었다. 리뷰를
준비하며 그 향수의 향기를 맡는 순간, 나는 열아홉
살이 되어 여름 바다 위의 보름달이 아름다웠던 그
달맞이고개에 서 있었다.

한 번도 맡아 본 적 없는 냄새가 과거의 어떤
순간을 불러일으키는 경험은 나에겐 처음이었다.
냄새로 각인되는 기억이 아닌, 이미 각인된 기억을
꺼내 오는 냄새라니! 기억이 흐릿해져 갈 때 그 향기를
맡으면, 더할 나위 없이 완벽한 그날이 재연되었다.

당신에게도 분명 이런 향은 존재할 것이다. 잊힌
어느 때의 기억을 아주 생생하게 소환하는. 없다면
아직 만나지 못했을 뿐이다. 여름날 달맞이고개 위에
뜬 보름달이 어떤 느낌인지 궁금하다면 오른쪽 향수를
꼭 시향해 보길 바라지만, 아마도 내가 기억하는
그날의 보름달을 똑같이 연상하는 사람은 별로 없을 것
같다. 그래도 트라이~트라이~.

펜할리곤스(Penhaligon's)

루나 오 드 뚜왈렛(LUNA EDT)

출시	2016년
조향사	알리에노 마스네(Aliénor Massenet)
탑 노트	레몬, 비터오렌지, 베르가못
미들 노트	장미, 주니퍼베리, 재스민
베이스 노트	퍼발삼, 머스크, 앰버그리스

그날 보름달은 그 향수를 뿌렸다

스물세 번째 노트
권태기와 향태기

나는 커피를 정말 좋아한다. "고기도 먹어 본 놈이 먹을
줄 안다"에서도 말한 것처럼 쓰디쓴 아메리카노를
좋아한다. 언제부터 커피를 좋아했을까 생각해 보면,
초등학교도 들어가기 전, 부모님의 아이스 커피믹스를
나도 마시고 싶어 했고 조르고 졸라 내 몫인 하얀
우유에 몇 숟가락 탈 수 있었을 때 같다.

조금 성장해 고등학생 때는 학교 사물함에
인스턴트 블랙커피 오백 그램짜리를 넣어 두고
보리차처럼 연하게 타서 물처럼 마셨다. 집안 내력
때문인지 나는 카페인의 각성 효과를 전혀 누리지
못했기 때문에, 커피의 과다 복용은 전혀 문제가 되지
않았다(여든이 넘은 우리 할매는 주무시기 전에도 커피

둘, 프림 둘, 설탕 둘을 탄 커피를 드셨다. 할매의 카페인 철벽 방어 체질은 아빠에게 이어져 나에게로 고스란히 이어져 온 것 같다).

하루에 열 잔도 거뜬히 마실 수 있는 커피. 커피를 이렇게 좋아하지만 가장 큰 문제는 목이었다. 커피를 마시면 목이 건조해져서 목소리가 갈라지기 때문이다. 물론 마신 커피 이상으로 물도 마시지만 크게 효과는 없어 보인다. 촬영 전날엔 커피에 손도 대지 않을 정도로 목에 영향이 크기 때문이다(매일 아이스 아메리카노를 달고 사는 세븐틴 메인 보컬은 대체 어떤 목을 가진 걸까? 철로 만들어진 목을 가진 걸까? 승관 씨. 이야기 좀 해 줘요. 정말 궁금해서 그래요).

목 때문에 이비인후과에 갈 때마다 의사 선생님의 당부는 '커피 금지'였다. 잘 지키기도 하고, 못 지키기도 하다가 미세먼지와 감기, 인후염 등의 콤보로 꽤 오랫동안 병원에 다니게 되었다. 나름의 양심으로 커피를 꽤 오랫동안 자제했다(커피를 안 마시기 위해 사무실에 있는 커피 머신은 쳐다보지도 않았고, 구매 시기가 이미 한참 지난 원두도 구매하지 않았었다). 그렇게

단 한 모금의 커피 없이 지내다가 정말정말 커피가
마시고 싶어 고민이 되었다. 약 먹은 지도 꽤 되었고,
목 상태도 많이 좋아진 것 같고. 좋아, 그러면 한 잔
정도는 마셔도 괜찮을 것 같아! 혼자 설득하고
설득당하며 원 맨 쇼를 하다가 내린 커피는 그야말로
미친 맛이었다. 바로 미미美味?

원두를 갈아 에스프레소를 내리며 사무실에
퍼지는 커피 향기는 그야말로 환상적이었고
에스프레소 내리는 소리도 커피를 더욱 기대하게 했다.

"와, 냄새 뭐야? 이렇게 좋은 냄새 퍼뜨리는 건
솔직히 반칙 아닌가? 크레마는 왜 또 이렇게 예쁜 거야?
원두도 오래 방치되어 있던 건데 이런 향을 내는 건
진짜 말도 안 되는 거 아닌가?" 혼자 있는 사무실에서
온갖 혼잣말을 다 늘어놓으며 한 모금 조심스레 마신
커피는 내 뒤통수에서 폭죽을 터뜨리고 있었다.

처음 계획은 천천히 음미하면서 오랫동안
마시기였지만(나는 물을 비롯해 마시는 종류는 굉장히
빨리 마시기 때문이다), 커피를 한 모금 넘긴 순간
처음의 계획 따위는 사라진 지 오래전이었다. 생맥주

마시듯 꿀꺽꿀꺽 넘긴 커피는 '원 샷'이라 불러도
무방할 만큼 빨리 사라진 상태였다(누가 보면 몇 년 끊은
줄 알겠지만, 고작 삼 주 정도 안 마셨을 뿐이다).

　　금단의 효과가 이렇게나 대단하다. 자의적
금단이든 타의적 금단이든 일상 속 무언가를 중지하고
그 시간을 견딘 후 다시 만난다는 것은, 그전과는
비교도 할 수 없는 희열과 행복함을 맛볼 수 있게
한다(물론 이것을 나쁜 데 적용하지는 말자).

　　향수를 즐기다가 어느 순간 어떤 향을 맡아도
무감각해지는 시기가 온다고 한다. 그것을
'향태기(향+권태기)'라고들 한다. 나야 향태기를 겪어 본
적은 없지만 향태기를 겪을지 모를 당신에겐 이 금단의
방법을 권하고 싶다. 어떤 향을 뿌려도 즐겁지 않다면
새로운 향을 찾을 생각 대신 모든 향 제품을 끊어 보는
것이다.

　　처음엔 어색하고 답답할 수 있으나 꽤 할 만하다.
무향에 적응해 무향의 상태를 계속 즐기며 남아 있는
것도 좋고, 무향에 익숙해진 코의 감각이 아주
농밀해졌을 때 향을 다시 뿌려 보는 것도 좋다. 억지로

쥐어짜듯 선택한 향수는 그 하루를 행복하게
하기는커녕 더 엉망으로 만들 수도 있다.

나는 특별히 끌리는 향기가 없는 날엔
아무런 향수도 선택하지 않는다.

매일 향기로워야 한다는 부담감을 내려놓자.
당신이 가진 당신만의 냄새를 다시 찾아내는 과정에서
향태기를 극복할 수 있다.

입 생 로 랑(Yves Saint Laurent)

블랙 오피움 오 드 퍼퓸(Black Opium EDP)

출시	2014년
조향사	나탈리 로슨(Nathalie Lorson),
	마리 살라마뉴(Marie Salamagne),
	올리비에 크레스프(Olivier Cresp),
	오노린 블랑(Honorine Blanc)
탑 노트	오렌지꽃, 핑크페퍼
미들 노트	커피, 재스민
베이스 노트	바닐라, 파출리, 시더우드

스물네 번째 노트
소개팅과 향수의 공통점

대학생 때 몇 번의 소개팅을 나갔고, 사회생활을
하면서도 몇 번의 소개팅이 있었다. 연인을 만나기 위해
나가면서도 소개팅이 달갑지 않았던 이유는 내가
만났던 구십구 퍼센트의 남자가 진도를 혼자 나갔기
때문이다. 성적인 의미의 진도가 아니다. 상대에 대해
아무것도 모르는 상태로 만나 초급, 중급, 심화의
과정으로 관계가 진행되는 것이 아니라 처음 만나는
자리에서 자신과 연인 관계가 될 것인지 말 것인지를
결정하거나 그에 상응하는 요구를 하는 사람이
있었다(꽤 많았다).

　　반려동물을 만날 때도 마음을 열어 가며 친해지는
과정이 있을 텐데, 사람과 사람과의 만남에서 친근함의

감정도 생기기 전부터 연인이 될 것인지 말 것인지를 요구하는 사람 덕분에 소개팅은 하기 싫은 것 중의 하나였다.

기억나는 소개팅이 하나 있는데 홍길동 씨(가명이다)를 만날 때였다. 그를 기억하는 이유는 오백 밀리리터의 맥주 한 잔 때문이다. 처음 만나서 밥을 먹으며 이것저것 이야기를 하다가 취미 이야기를 하게 되었다. "취미인지는 잘 모르겠는데. 저는 요즘 맥주 마시는 걸 좋아해요"라 말했고, 식사 후 그는 한잔하러 가자고 이야기했다. "아니에요! 저 진짜 괜찮아요. 맥주 안 마셔도 돼요. 차 마시는 것도 좋아합니다"라고 거듭 말했지만, 그는 결국 맥줏집으로 나를 안내했다.

내가 거듭 맥주를 사양했던 것은 첫 만남에 홍길동 씨가 마음에 안 들었다기보다는(오히려 호감이 가는 편이었다. 키는 조금 작았을지언정), 그는 술이 굉장히 약해서 거의 마시지 않는다 말했기 때문이었다(회사에서 등산하고 회식할 때도 항상 뒷정리는 자기의 몫이라며 하소연 아닌 하소연도 했다).

결국 맥줏집에 자리하고 오백 밀리리터 생맥주 두 잔과 마른안주 하나, 국물 종류를 하나 시키게 되었다(극구 사양했으나 국물 종류는 홍길동 씨의 선택이었다. 저녁으로 먹었던 파스타가 양에 차지 않았던 걸까). 몇 번이나 괜찮으시겠냐고 물어봤지만 괜찮다는 그의 대답에 '나도 모르겠다' 싶어 맥주를 시원하게 마셨다.

내 잔이 거의 다 비어져 갈 때쯤, 홍길동 씨의 잔은 절반도 비지 않았다(내 기준으로 한 모금 정도 비었을 뿐). 하지만 그의 얼굴은 불타는 고구마였으며, 눈동자의 초점은 이미 나가 있었다. 이때 든 생각은 '아, 이 사람은 나의 인연이 아니구나'였다. 단순히 내가 즐기는 술을 함께 마시지 못하기 때문이 아니라, 그의 고집이라는 커다란 벽을 느꼈기 때문이었다.

홍길동 씨의 처지에서 생각했을 때, 소개팅에 나온 여성에게 호감을 주기 위해 그 여성의 취향에 맞는 메뉴를 선택해 함께하고 싶었을지도 모른다. 하지만 "한 잔 정도는 괜찮아요"의 말을 무색하게 했던 술자리는 상대에 대한 배려보다는 절대 깨지지 않는 고집을 더

먼저 느끼게 했다. 당연한 결과이지만, 그 만남이
끝이었다.

또다시 실패한 소개팅 덕분에 소개팅 자체에
회의감이 들 때 지금의 남편과 소개팅을 하게 되었다.
겨울이 시작되며 각자 회사의 일 때문에 약속을 잡지
못한 채 한 달 동안 메시지만 하게 되었다. 메시지는 별
내용 없는 안부나 이번 주에 만나는 건 어떤지, 안
된다면 어떤 일이 있는지 등 정말 사소한 것이었다. 한
달 동안 메시지를 주고받다가 "우리 이러다 정말 올해
못 만나겠어요. 다음 주에 우리 꼭 만나요. 땅땅!" 하고
날을 정하게 되었다.

가는 날이 장날이라고 했던가. 메시지만 한 달
동안 주고받으며 우리가 드디어 만나기로 한 그날.
하필이면 그(지금의 남편)는 우리의 만남 며칠 전
친구들의 싸움을 말리다 '눈탱이가 밤탱이' 팬더가
되어 있었고, 나는 당일에 회사 대표와 점심을 먹다가
거하게 체한 상태였다.

평일 저녁, 퇴근 후 신도림의 쇼핑몰에서 만난
우리는 첫 만남이지만 첫 만남 같지 않은 모습으로

소개팅과 향수의 공통점

서로 만나게 되었다. 저녁 식사를 하고 프랜차이즈 카페에서 차 한잔을 마시며 오늘의 내 상태에 관해 말하게 되었다. 점심때 먹은 돈가스(아직도 메뉴가 생각난다)가 얹혀서 저녁을 잘 못 먹었다고, 원래 잘 먹는데 오늘 나의 상태가 조금 별로였을 뿐이라고. 나의 말에 그는 가방을 뒤적이며 소화제를 건네주었다. 어쩌다 우연히 들어 있던 가방 속 소화제였겠지만 꽤 큰 한 방이었다.

처음 만난 날 이후로 몇 번의 데이트를 더 하며 우리는 연인으로 발전하게 되었다. 그때도, 지금도 남편과 내가 종종 이야기하는 우리 소개팅의 성공 원인은 바로 만나지 못한 채 한 달 동안 주고받았던 메시지였다. 일상적인 이야기를 하며 서로를 알아 가는 시간이 관계의 단계를 점진적으로 밟을 수 있는 계기였다고(물론 첫 만남에 이런 단계를 밟아 가는 사람도 있을 수 있겠지만, 내 관계의 속도는 그리 빠른 편이 아니었다).

관계의 발전은 기본적으로 관심과 관찰에서 시작한다. 그리고 관찰은 관심을 기반으로 한다.

관심을 기반으로 한 관찰을 통해 상대는 어떤 모습을 하고 있는지, 상대의 가치관이 나와도 잘 맞는지, 늘 같은 모습을 보여 주는지, 변화를 보여 줄 땐 어떤 방식으로 보여 주는지 등 아주 많은 것을 알게 한다. 향수도 역시 마찬가지라고 생각한다.

"단 한 번의 시향으로 운명적인 내 향수!! 땅땅!"
결정의 '땅땅'이 헤어짐의 '땅땅'이 될 수도 있다.

향수가 어떤 날씨에 어떤 모습을 보여 주는지, 향의 흐름이 당신이 좋아하는 모습인지, 항상 같은 모습을 보여 주는지 아니면 변화무쌍한 모습을 보여 주는지, 향의 표현 방법이 직관적인지 혹은 은유적인지 등 향수를 만날 때도 관찰이 필요하다. 이렇게 관찰하고도 헤어질 수 있는 게 바로 향수다. 그래서 더 관심을 두고 관찰하는 과정이 필요하다.

인연을 만나는 것이 어디 쉬운 일인가. 인연의 실은 꽤 굵고 단단하지만, 작은 힘으로도 끊을 수 있을 만큼 연약하기도 하다. 그 인연의 실을 얼마나 단단하게 이어

갈지를 결정하는 것은 끊임없는 관심과 관찰이다

(질척거림이나 집착과는 다르다). 오늘도 당신의 인연을

찾아가는 모든 과정을 응원한다.

끌로에(Chloé)

노마드 오 드 뚜왈렛(Nomade EDT)

출시	2019년
조향사	쿠엔틴 비쉬(Quentin Bisch)
탑 노트	리치
미들 노트	프리지어
베이스 노트	이끼

스물다섯 번째 노트
의외로 답은 가까이에

책에 등장하는 소꿉친구 중, 대학을 졸업할 때까지
같은 아파트 바로 옆 동에 살았던 친구가 있다. 우리는
거의 매일 얼굴을 보는 사이였는데 생각해 보니 거의
습관처럼 만나는 사이기도 했다.

　때는 대학생 때의 어느 여름 주말. 심심하고
약속이 없던 우리는 커피를 마시러 가자며 누가 먼저
제안할 것도 없이 집을 나섰다. 그렇게 우리는 버스를
타고 서면으로 향했다.

　서면 롯데백화점에서 내려 백화점 뒤쪽으로 향해
윈도우 쇼핑을 하며 카페를 찾았지만, 주말 낮 시간에
비어 있는 자리는 찾을 수가 없었다. 대수롭지 않게
"조금 걸어 보지 뭐" 하며 걷기 시작했을 때, 우리는

그때 집으로 돌아와야 했었다. 약 이십 분 정도를
걸으며 눈에 보이는 모든 카페에 문을 열고 들어갔지만,
더운 여름 주말에 나와서 커피를 마시는 모든 사람이
서면에 모여 있는 듯했다. 더위와 습기를 참아 내며
자리가 비어 있는 카페를 찾아가는 동안 우리는 점점
말이 없어졌다. 전철역 하나 이상의 거리를 움직이고도
결국 우리는 카페의 빈자리를 찾을 수 없었다.

"오늘은 날이 아닌가 보다. 그냥 집에 갈까?", "그래.
가자, 그냥." 왠지 모를 아쉬움과 억울함이 있었지만,
더위와 습기에 찌들어 있던 우리는 집으로 돌아가는
것을 선택하고 버스에 올랐다.

아파트 단지 정문 앞 버스 정류장에 내려서
발걸음을 옮기다가 눈에 들어온 던킨 매장. 우리는
동시에 서로를 바라보고 "저기라도 가 볼까?" 하며
매장으로 들어서고 있었다. 그래. 여기였다. 단 한 명의
손님도 없이 텅텅 비어 있고, 에어컨을 빵빵하게 틀어
아주 시원한 곳. 그곳이 바로 우리가 찾던 곳이었다.
시원한 아이스아메리카노를 시킨 친구와 나, 둘 다
생맥주를 마시듯 벌컥벌컥 들이켜고 나니 그제야

의외로 답은 가까이에   153

웃음이 나왔다. 괜히 돈 쓰면서 무더위에 고생만 하고 우리 대체 뭐 한 거냐. 바보가 따로 없네. 깔깔거리며 마신 아이스아메리카노가 그렇게 맛있을 수가 없었다.

우리가 커피 한잔을 위해 버스를 타고 무더위와 짜증을 이겨 내며 돌아다녔던 것처럼, 당신도 때로 특별한 향수를 찾기 위해 먼 여정을 떠난다. 하지만 멀리, 새로운 곳을 탐험하는 것이 항상 새롭고 특별한 향기를 보장하는 것은 아니다. 오히려 투자하는 노력, 시간과 비용 대비 성에 차지 않는 결과물을 보고 좌절할 때가 더 많다.

의외로 답은 가까이 있을 수도 있다. 나와 친구가 매일 보고 지나치기만 했던 던킨 매장이 우리의 갈증을 해결하고 행복한 시간을 만들어 줬던 것처럼, 당신이 찾는 그 향기는 당신이 매일 지나치면서 의식하지 못했던 향기 중 하나일 수도 있다. 가까이서 의외의 발견을 하게 된다면 왜 이걸 여태까지 몰랐을까 한탄할지도 모른다.

게스(GUESS)

데어 오 드 뚜왈렛(Dare EDT)

출시	2014년
조향사	브루노 요바노비치(Bruno Jovanovic)
탑 노트	레몬블러썸, 페어블러썸, 금귤
미들 노트	선인장꽃, 재스민, 야생화
베이스 노트	우디 노트, 코코넛, 머스크

스물여섯 번째 노트
익숙함, 그 무자비함에 대해

몇 년 전, 회사에 다니며 소속된 부서의 지방 발령으로 강원도 원주에 가게 되었다. 처음 원주에 도착해서 방을 구하며 동네를 한 바퀴 돌아본 날을 아직도 기억한다. 청량리역에서 강릉행 기차를 타고 한 시간 정도를 가면 원주역에 도착한다. 원주에서의 생활은 한적하고 조용했지만, 한편으론 외롭고 쓸쓸했던 시간의 연속이었다.

직업 특성상 출장이 많은 편이었지만 모두 당일 출장이었기에, 일을 마치고 돌아오면 조용한데 불빛도 인적도 없는 도로를 지나야 했다. 지나다니는 차 한 대 없는 도로를 달리면서 오싹한 기분이 들었던 적도 한두 번이 아니고, 터널을 지날 때도 사이드미러로 보이는 터널 입구가 다른 세계로 통하는 곳인 것처럼 무섭게 느껴졌던 적도 많았다.

인적도 없고, 다니는 차도 가로등도 없는 곳에 있는 터널은 터널 안과 밖의 구분이 명확했다. 그래서 더 다른 세계인 것 같은 느낌이 강하게 들었다(결코 유쾌한 느낌은 아니었다). 원주에 살면서 가장 익숙해져야 했던 한 가지를 뽑으라면 인프라의 부족도 아니고, 유흥 거리의 부족도 아닌 바로 어둠이었다.

이런 어둠을 만나 본 적이 대체 언제던가. 아니, 없었다. 원주에 오기 전까지 나는 서울에서 태어나 자랐고 부산에서 살았다. 밤이 어둡지 않은 대도시에서만 살았기에 내가 기억하는 밤은 화려함과 어두움이 공존하는 이미지였다. 하지만 원주의 밤은 오직 어둠뿐이었다.

물론 원주의 밤은 다른 뜻으로 아름다웠다. 공기는 맑았고 서울이나 부산보다 밤의 별이 더 잘 보였으니까. 하지만 밤의 화려함에 익숙해졌던 나에게 원주의 밤은 매일매일 외로움 그리고 쓸쓸함과 사투하는 여정이었다. 나는 얼마나 밝은 밤에 익숙해져 있던 것일까.

밤늦게 운전하며 귀가하던 어느 날, 온갖 생각을 하다 익숙함이 얼마나 무서운지 깨닫게 되었다. 익숙함이란 예고도 없이 미처 인지하지 못한 상태로 내 안에 자리 잡고서 떨어지는 물방울 같았다. 고작 물 한 방울이 뭘 한다고.

하지만 지속해서 떨어지는 물방울은 바위에 자신의 흔적을 남기는 위력을 가진다. 나는 그렇게 평생에 걸쳐 밝은 밤에 익숙한 삶을 살아왔고, 그 익숙함은 커다란 구멍이 되어 내 안에 자리하고 있었다. 한 번 파인 구멍은 물방울이 떨어지지 않는다고 다시 채워지지 않는다. 오히려 물방울의 빈자리를 더 크게 만들 뿐이었다.

당시엔 지금의 남편과 장거리 연애 중이었는데, 남편이 평일 퇴근 후 고속버스를 타고 원주에 오는 경우도 많았고 내가 금요일 업무를 마치고 운전해서 남편을 보러 가는 경우도 많았다. 금요일 퇴근 후 원주에서 출발해 영동고속도로를 타고 가는 길, 자동차 행렬의 전조등에 한참 의지해 어두운 밤을 헤쳐 나가다 보면 어느 순간부터 조금씩 밝아지는 도로를 느낄 수 있었다.

서울에 입성해 대낮처럼 화려하게 불이 켜져 있는 한강 다리를 지나고, 강 건너편에서 반짝이는 불빛을 보며 나도 모르게 "그래. 이 화려함이 정말 그리웠어"라고 혼잣말을 중얼거리고 있었다. 그렇게 남편과 함께 주말을 보내고 다시 원주로 돌아가며 조명의 화려함이 점점 사라져 가는 것을 보면서 나는 또 어둠에 익숙해지려 노력해야 했다. 결코 쉬운 일은 아니었다. 밝은 밤이 만든 익숙함의 자리는 쉽게 채워지지 않았다.

그렇게 어두운 밤에 적응하기 위해 아무도 모를 노력을 하며 지내다가 나는 대리로 승진했다. 내 사수는 승진을 축하한다며 향수를 선물했다. 내 취향과는 정말 극과 극에 있는 향수였다. 하지만 새카만 향수 색과 대비되는 향수 이름에서 어두운 밤을 밝히는 화려함을 떠올렸고, 취향이 아님에도 종종 뿌리게 되는 향수가 되었다. 향수의 색, 이름 그리고 화려하면서 달콤했던 향기, 이 세 가지의 조합은 밝은 밤이 만들어 놓은 익숙함이라는 자리를 조금씩 채워 가고 있었다.

익숙함이란 아무도 인지하지 못하는 사이 당신 마음에 커다란 불을 지필 수도 있고, 바위에 채울 수 없는 빈자리를 만들기도 한다. 익숙함이 떠나갔을 때 비로소 그 익숙함이 얼마나 당신 안에 큰 둥지를 만들었는지 알게 된다.

사수에게 선물받은 그 향수는 익숙함이 무자비하게 사라졌을 때 그 빈자리를 채워 줬던, 전혀 생각하지 않았던 하나의 향수였고, 익숙함의 빈자리는 또 다른 무언가로 채워질 수 있다는 것을 알게 해 준 향수였다. 결혼하며 다시 서울에 올라와 밝은 밤을 매일 만날 때도 그 향수는 그 자체로 또 다른 위로가 되었다.

레이디 가가(Lady Gaga)

페임 오 드 퍼퓸(Fame EDP)

출시	2012년
조향사	리차드 허핀(Richard Herpin), 오노린 블랑(Honorine Blanc), 나탈리 로슨(Nathalie Lorson)
노트	꿀, 살구, 유향, 사프란, 벨라돈나, 난초, 재스민

스물일곱 번째 노트
뱁새와 황새의 가랑이

부모님이 이혼하시기 전, 엄마는 첫째 이모, 둘째
이모와 함께 화실을 하셨다. 이모들과 매일같이
일하시며 서로 가까운 곳에 살았던 덕분에, 나의 가장
친한 친구는 사촌 언니, 오빠들이었다. 나를 포함한
다섯 명은 항상 함께 놀았고 많은 시간을
함께했다(물론 언니, 오빠들이 나를 데리고 놀아 준
거지만). 언니, 오빠들과는 나이 차이도 별로 나지
않았기에 서로서로 잘 놀았던 걸로 기억한다. 당시
언니, 오빠들이 유독 똘똘한 이미지였는데, 그들과
다르게 나는 겁 많은 바보였다(그리고 항상 깍두기였다).
 그중 작은언니는 피아노를 굉장히 잘 쳤는데, 겨우
나와 한 살 차이였음에도 야무짐이 남달랐다. 그와

반대로 나는 야무짐과는 거리가 아주 먼 순진하고
단순한 바보였다(참고로 나는 삼 년 가까이 피아노를
배우며 기초 중의 기초인 바이엘도 떼지 못했다).

엄마는 매년 '혜은이가 내년이면 혜란이처럼
될 수 있을까?'를 항상 생각하셨다고 한다. 혜란이
언니(작은언니)는 나와 정확히 일 년이 차이 나는데
그 차이가 무색할 정도로 유독 야무졌고, 유독 바보인
나와의 갭은 말로 할 수 없을 정도로 컸다(작은언니
실명을 공개해도 된다는 허락을 받았으며, 형부 이름 공개
역시 허락받았습니다. 참고로 김윤식 바보). '혜은이가
내년엔 혜란이만큼 될 수 있을까?'를 생각하신 엄마의
바람은 매년 산산이 부서졌다(물론 키는 제일 컸다. 키만).

엄마가 그 바람이 부질없다는 것을 조금씩 깨닫기
시작하신 날이 있었으니, 바로 이사 날이었다. 작전동의
한 빌라로 이사하던 날, 둘째 이모네가 와서 이사를
도왔고 나와 혜란이 언니 그리고 사촌 오빠는 집 근처
골목에서 자전거를 타며 놀고 있었다. 급경사는
아니더라도 경사가 꽤 있는 골목길에서 나의
세발자전거를 타며 놀다가 사촌 오빠는 페달에서 발을

떼고 경사진 골목을 쭉 내려가며 스피드를 즐기기
시작했다.

깔깔 신나게 웃으며 재미있게 자전거를 타던
오빠의 모습을 보고 혜란이 언니 역시 같은 방법으로
자전거를 탔고, 그다음 차례는 자연스럽게 나의 순서가
되었다. 나 역시 언니, 오빠처럼 당연히 스피드를 즐기며
즐거워질 줄 알았다.

결과는 처참했다. 똑같은 위치에서 똑같이
출발했지만 내가 탄 자전거는 넘어졌고(세발자전거가
넘어지려면 대체 얼마나 몸을 못 썼던 걸까), 나는
떼굴떼굴 굴러 무릎부터 살이 다 까져 피가 난 상태로
엉엉 울고 말았다. 엉엉 울며 언니의 손을 잡고 집으로
온 나를 발견한 어른들은 어떻게 된 일인지 언니,
오빠에게 물었고 언니와 오빠는 잘못한 것이 없음에도
우물쭈물하며 상황을 설명해야 했다. 우느라 잘 기억은
나지 않아도 아마 설명을 들은 엄마는 기가 차지
않으셨을까?

자라는 동안 혜란이 언니와 나의 차이는 절대
메워지지 않았다. 뱁새가 아무리 노력해도 황새가 될

수 없다는 것을 엄마는 조금씩 인정하기
시작하셨다(그렇다고 '내년엔 혜란이만큼!'의 바람이
완전히 사라진 것은 아니었다).

누구나 다 아는 속담을 다시 풀어 이야기할 필요는
없겠지만, 뱁새는 나름의 방법으로 성장한다. 같은
방향이라도 나름의 방법과 속도로 나아간다. 절대로
틀리거나 잘못된 것이 아니다.

황새의 향수를 무리해서 쫓아가는
뱁새도 있고
억지로 뱁새의 취향을 따라가는
황새도 있다.

다양한 향수의 향기를 맡으며 '코펙트럼
(코+스펙트럼)'이 넓어진 황새와 이제 겨우 향수
걸음마를 시작한 뱁새의 선택이 같을 수는 없다.
취향의 차이를 떠나 새로운 냄새를 맡았을 때 수용할
수 있는 범위의 차이가 있다고 말하는 것이다(물론
예외는 있다).

사과에 땅콩버터를 발라 먹어 보지 않은 사람은
사과와 땅콩버터 조합에 경악부터 하게 된다. 하지만
사과와 땅콩버터의 조합을 맛본 사람은 대부분 그
조합이 주는 풍미를 즐긴다. 그렇다고 사과와
땅콩버터의 조합을 먹어 보지 않은 사람이 사과나
땅콩버터 각각을 즐기지 못하는 것은 아니다.

향수 역시 그러하다. 예쁘고 보편적인 향만 접해
본 당신이 강렬한 스파이시 노트나 꼬릿한 애니멀
노트가 조합된 복합적인 향기나, 아빠의 스킨 냄새가
연상될 수도 있는 허벌 노트의 다양성을 쉽게
받아들이기란 결코 쉬운 일이 아니다.

뱁새의 걸음으로 걷다 보면 다리가 길어질 수도
있고 발이 커질 수도 있다. 아니면 여전히 뱁새의
걸음으로 쫑쫑거릴 수도 있는 법이다. 정답은 없다.

그러니 당신이 지금 뱁새의 걸음으로 걷고
있더라도 조급해지지 않으면 좋겠다. 뱁새가 성장하며
얼마나 넓은 코펙트럼을 갖게 될지는 모를 일이니까.

랑방(LANVIN)

에끌라 드 아르페쥬 오 드 퍼퓸(Éclat d'Arpège EDP)

출시	2002년
조향사	카린 뒤브릴-세레니 (Karine Dubreuil-Sereni)
탑 노트	레몬잎, 그린라일락
미들 노트	작약, 등나무꽃, 녹차, 복숭아꽃
베이스 노트	시더우드, 화이트머스크, 앰버

스물여덟 번째 노트
승모근 튀어나오겠어요

어떤 분야가 되었든 알고 있는 지식을 자랑하고 싶은
마음은 당연하다. 그 사람이 특별히 못나서도
아니고 덜 성숙해서도 아니다. 사람이라면 당연히
그럴 수 있다.

하지만 자신이 알고 있는 것에 유독 자부심이 심한
사람이 있다. 남에게 피해를 주지만 않음 크게 문제가
되지는 않겠지만 남의 기분을 상하게 하거나, 비교하고
비하하면서까지 자신이 아는 것을 자랑하고 싶어 하는
것은 문제와 분란의 시작이다(그 아는 것이 정말 별거
아닐 때가 더 많다는 것이 더 화를 불러일으킨다).

아주 오래된 일이지만 꼬부랑 할머니가 되어도
절대 잊지 못하겠다 싶은 일이 있다. 직장을 다니며

원주에서 근무했을 때, 우리 팀은 두 팀이 합쳐진
상태였다. 서울에서 발령받아 원주로 내려간 팀 그리고
원래 원주에 있었던 팀이었다. 그렇게 두 팀은 한 팀이
되어 근무하게 되었고 방식의 차이로 사소하게
부딪치는 일은 있었지만, 큰 문제가 없이 잘 지내게
되었다.

그렇게 서로에게 적응하던 중 한 사람과의 관계가
유독 거북해지기 시작했다. 그는 원주 토박이로
강원도를 벗어나 본 적이 거의 없는 사람 중 하나였다.
한 지역에서만 오래 산 것이 문제가 되는 건 절대로
아니다. 다만 그는 아는 것에 비해 자신의 지식을
드러내고 싶어 하는 욕구가 매우, 상당히, 아주 많이
컸던 사람이었다. '우물 안 개구리'를 의인화한다면 그
사람 자체였다. 그는 우리 지사에서 가장 선임이었는데
연차가 쌓일수록 그 근거 없는 자신감은 날마다
높아져만 갔다.

당시 내 기준으로 원주는 완전한 시골도 완전한
도시도 아닌 정말 어정쩡한 상태의 지역이었는데,
번화가를 기준으로 새로운 프랜차이즈 브랜드 몇몇

개가 들어오기 시작했다. 별로 관심도 없고 이미 나에겐 익숙하다 못해 유행이 지나도 한참 전에 지났던 브랜드였다.

어느 날 우물 안 '개구리'가 매우 신난 듯 나에게 다가오더니 "혜은아. 너 거기 가 봤니? 이번에 새로 생겼는데, 가 보니까 되게 좋더라. 넌 아직 그런 데 못 가 봤지? 너도 그런 곳 좀 가 봐야지"라고 말했다.

내가 문맥을 이해하지 못한 건지 아니면 그 말 속에 숨은 뜻이 있는 건지 도통 이해할 수 없는 상황이었다. 그의 표정과 말투는 명확하게 '넌 이런 새로운 곳 못 가 봤지? 난 가 봤어'였다. 비교를 통해 자랑하고 싶어 했기에 더 이해할 수 없는 상황이었다. 그 상황을 이해하기 어려웠던 이유는 내가 어디에서 자랐고 살았는지 모르는 사람이 한 명도 없었기 때문이었다(지금은 정말 아니지만, 그때만 하더라도 나의 이미지는 '차도녀' 자체였다).

성인군자가 될 심성은 아니었는지, 난 '개구리'의 의도대로 대화가 흘러가게 할 생각은 전혀 없었다(우리 할매는 당신에게 절대 지지 않던 나에게 애정과 진심을 동시에 가득 담아 '못된 년'이라고 부르셨다).

"저요? 진짜 저한테 물어보신 거예요? 그 브랜드는
이미 몇 년 전에 유행했던 건데 모르셨구나. 뭐 그럴
수도 있죠. 근데 저는 서울하고 부산에서만 평생을
살았잖아요. 여기가 제가 살아 본 곳 중 가장
시골이거든요. 훨씬 좋은 곳도 많이 가 봤죠."

의도했던 것과 전혀 다른 반응이 나오자 '개구리'는
서둘러 자리를 떴다(굴하지 않고 다른 후배에게 가서
똑같은 멘트를 날렸지만 그 후배 역시 나와 비슷한 반응을
보였다. 그 후배가 나에게 와서 "왜 저런대요?"라고 물어볼
정도였다).

이 정도는 애교에 불과했다. 정말 말도 안 되는
것으로 어깨에 힘이 들어가는 것을 볼 때마다 대체
어떤 우물에서 자라야 저런 개구리가 될 수 있는지
의아해하면서 반면교사로 삼을 수 있었다.

결정적인 사건은 겨울에 발생했다(이걸 사건이라고
할 수 있을지 모르겠으나 나에겐 너무나도 충격적인
사건이었다). 그날 전까지 '개구리'는 상당히 귀찮고
이해가 안 되는 사람일 뿐이었다. 그는 어느 순간부터

스스로 쇼핑을 하기 시작했는데(그전엔 어미니가 사
주시는 것을 그대로 썼다고 했다), 원주에 하나밖에 없는
백화점(백화점이라 부를 수 있는지도 잘 모르겠다)에서
물건을 사서 항상 후배에게 자랑하고 싶어 했다. 그날
'개구리'는 모 국내 브랜드 아이템으로 온몸을 휘감고
나타나 "이번에 명품 좀 사느라 돈 많이 썼어"라고
말했다. 물론 "선배님. 그 브랜드는 명품이 아니에요.
국내 중저가 브랜드죠. 명품과는 상당히 거리가 있는
브랜드입니다. 에르메스나 루이뷔통, 버버리 같은
브랜드가 명품 카테고리에 들어갑니다"라고 말했지만
그는 귓등으로도 듣지 않았다.

　　퇴근길에 '개구리'는 어김없이 '자신만 명품이라고
주장하는' 아이템을 자랑하고 있었고, 나머지 직원들은
그러려니 하며 경비 아저씨에게 인사하고 나오는
순간, '개구리'가 갑자기 조용히 욕을 했다. 모든 시선이
'개구리'를 향했고 누군가 그에게 왜 그러냐 묻자,
'개구리'는 "경비원 주제에 나랑 똑같은 장갑이잖아?
경비 월급 얼마 되지도 않을 텐데 어떻게 이 브랜드를
샀지?"라고 말했다(가죽 장갑 한 짝에 몇백만 원 하는

것도 아니고, 십만 원대 장갑이었다). 아주 다행히도 경비
아저씨는 그 말을 듣지 못했지만 나를 비롯한 다른
직원들은 경악을 금치 못했다(여담이지만 그 경비
아저씨는 서울에서 대학 졸업 후 대기업에서 정년까지
근무하다, 퇴직 후 고향에서 소일거리로 경비 일을 하는
분이었다. 길지 않은 대화에서도 '어른'의 생각과 태도를
보여 주는 아주 좋은 분이었다).

비교를 통해 우월감을 얻고 행복해하는 모습은
주변 사람을 질리게 만들기에 아주 충분하다.

원주에서 만났던 '개구리'처럼 우물 안에서 대장
노릇을 하며 행복해하거나, 알고 있는 것에 대한 과도한
자부심을 부리는 사람은 영역을 가리지 않고 존재한다.
향수에서도 역시 존재한다. 대중적으로 알려지지 않은
해외 브랜드, 어마어마하게 비싼 향수, 해외 직구를
통해서만 구할 수 있는 향수, 한정판 향수 등을
자랑하거나 지식이나 정보를 뽐내며 비교를 통한
우월감을 느끼는 사람이 생각보다 많다. 여기서

승모근 튀어나오겠어요　　　　　　173

포인트는 '비교를 통한 우월감'이다.

남이 모르는 새로운 브랜드의 향수를 찾았거나
구하기 어려운 향수를 가졌을 때 자랑하고 싶은 것은
당연하다. 하지만 다른 이의 향수, 다른 브랜드,
다른 취향 등을 깎아내리며 자신의 것을 우위에 놓는
행동은 아주 치사하고 옹졸하다. 어디 그뿐이랴. 재수
없기까지 하다.

항상 당신이 알고 있는 세상보다 더 넓은 세상이
있음을 기억해야 한다. 코끼리 코를 만진 장님처럼
전부라고 생각했던 것이 아주 작은 일부일 수도 있다.
지금 당신 어깨에 힘이 얼마나 들어갔는지 확인해
보자. 한 번 올라가서 굳어진 승모근은 결코 쉽게
내려오지 않는다.

장 파투(Jean Patou)

조이(JOY)

출시	1930년
조향사	앙리 알메라스(Henri Alméras)
탑 노트	불가리안로즈, 튜베로즈, 일랑일랑
미들 노트	재스민, 메이로즈
베이스 노트	시벳, 머스크

스물아홉 번째 노트
식장에 들어가도 모를 일

연인 관계를 이야기하며 "식장에 들어가 봐야 알지"라는 말을 종종 한다. 지금 아무리 사이가 좋다고 한들 결혼 여부는 결혼식장에 들어가 봐야 알 수 있다는 뜻이다.

함께하기로 했다면 사이좋게 평생 함께하는 것이 가장 좋겠지만, 때론 평생을 함께하리라 확신하고 결혼식장에 손잡고 들어간 부부에게도 이별은 찾아올 수 있다.

때는 2015년, 우리 부부는 결혼식을 생략하기로 했다. 많은 사람의 축하도 좋지만 누가 왔는지도 모를 정신없는 결혼식보다 우리의 행복을 가장 우선으로 하자 했기 때문이다. 결혼식을 생략하고 혼인신고를 마친 뒤, 우리는 발리로 신혼여행을 떠났다.

발리국제공항에 도착해 비행기에서 내려 입국 심사를 기다리는 이들은 모두 신혼여행을 온 신혼부부이거나, 태교여행을 즐기러 온 부부였다.

대부분 밝은 얼굴로 입국 심사를 기다리던 중, 우리 바로 앞에 있는 한 부부가 눈에 들어왔다. 발리행 비행기에서도 우리 근처에 있었던 부부였다 (비즈니스석에 타고 있던 신혼부부가 별로 없었기 때문에 기억하는 얼굴이었다).

발리로 오는 약 일곱 시간 동안 다툼이 있었는지 그들의 분위기는 사뭇 어두웠다. 남편은 어딘가 안절부절못하며 아내가 들고 있던 면세점 가방을 들어 주겠다며 손을 내밀었지만, 돌아오는 것은 아내의 차가운 거절과 냉랭한 표정이었다. 누구 잘못인지 모르겠으나 비행기가 이륙하기 전과 사뭇 다른 분위기였다.

우리 부부는 그들을 보고 '어머, 싸웠나 봐. 신혼여행 시작부터 힘들겠는데?'라며 눈빛으로 대화하고 있었다.

그러던 중, 갑자기 뒤에서 "난 너랑 단 한순간도 같이 있기 싫다고!" 소리 지르는 여성의 목소리가 들렸다. 당연히 공항의 모든 이목은 그쪽에 쏠렸다. 우리가 서 있는 대기 줄 바로 근처에 있던 다른 커플이었다. 여성은 분노를 조절하지 못한 채 타고 온 비행기로 한국에 들어갈 거라며 소리치고 있었고 남성은 상대적으로 차분하게 "그래. 한국 보내 줄게. 근데 너 한국 가려면 일단 여기 통과하고 다시 항공권 끊어야 해. 그때까지만 참아"라고 여성에게 설명하고 있었다(물론 분노하고 소리 지르는 여성에 비해 상대적으로 차분해 보였다는 것이지, 그의 얼굴도 만만치 않았다).

분노와 혐오, 모든 나쁜 감정을 담아 당신이 싫다며 일 분 일 초도 함께 있는 게 끔찍하다고 소리 지르는 여성, 똑같이 소리치지 않았을 뿐 분노를 삭이며 최대한 이성적으로 행동하는 남성. 우리를 포함해 공항에 있던 신혼부부 대부분은 막장 아침 드라마를 보는 기분으로 그들을 지켜보게 되었다 (당사자에겐 가장 심각한 일이었지만 제삼자에겐 기다림이 무료하던 찰나에 발생한 너무나도 뜬금없는 사건이었다.
갓 결혼한 부부가 여행지에 도착하자마자 서로를 죽일
듯이 싸우다니! 남의 불행을 즐거워하는 것이 아니라,
행복과 사랑만이 넘쳐 날 줄 알았던 여행지, 그것도 이제
막 공항에 도착했을 뿐인데 이런 싸움을 목격했다는 것이
어떤 의미로는 현실감이 들지 않았다).

　　신혼부부도 이런데 하물며 향수는 어쩌하랴.
하루에도 몇 번씩 바뀌는 당신의 마음이 잘못되지
않은 것처럼, 어제와 다르게 오늘 변하는 취향엔
아무런 잘못이 없다. 소나무처럼 한결같은 취향을
유지할 수도 있지만 그렇지 않은 경우가 훨씬 더 많다.
취향이 바뀌면서 방출되거나, 화장대 구석에서 먼지
이불을 덮으며 잠드는 향수가 생기는 것이 잘못된 것은
아니라는 것이다.

　　취향은 변한다. 취향에 따라 향수도 변한다. 나는
취향의 변화를 상당히 긍정적으로 바라보는 편이다.
취향은 절대로 그냥 변하지 않는다고 생각하기
때문이다. 무언가를 바라보는 시선이 확장됨에 따라
생긴 변화일 수도 있고, 누군가의 영향일 수도 있고, 그

식장에 들어가도 모를 일　　　　　　　　　179

분야에서 앎의 깊이가 더 깊어짐에 따른 변화일 수도 있다. 물론 단순한 변덕일 수도 있다. 단순한 변덕이면 뭐 어떠한가. 새로운 취향으로 새로운 향을 찾고 도전하는 것만으로도 정체될 수 있었던 영역이 조금씩 넓어지는데 말이다.

평생 함께하기로 (당신 혼자) 마음먹었지만, 그러지 못하게 되었다고 너무 마음에 담아 두지 말자. 사람 간 헤어짐도 있는데 향수와의 헤어짐은 별일도 아니다. 다른 향과 사랑에 빠지고, 헤어지고, 또 다른 향과 사랑에 빠지는 것은 자연스러운 일이다.

엘리자베스 아덴(Elizabeth Arden)

그린티 오 드 뚜왈렛(Green Tea EDT)

출시	1999년
조향사	프란시스 커정(Francis Kurkdjian)
탑 노트	레몬, 베르가못, 오렌지제스트, 민트, 루바브
미들 노트	카네이션, 머스크, 재스민, 이끼, 화이트앰버
베이스 노트	그린티, 머스크, 앰버, 캐러웨이, 샐러리시드, 클로브, 이끼

식장에 들어가도 모를 일

서른 번째 노트
마음이 까끌까끌할 때

"뭐라고 설명하기 힘들지만 싸한 느낌이 든다면, 그건 바로 삶에 축적된 데이터가 알려 주는 아주 과학적인 촉이다." 소셜 미디어를 보다가 읽은 말이다. 이 말처럼 식스 센스, 그러니까 육감은 중요한 순간에 생각보다 큰 역할을 한다.

제품을 만들고 판로를 고민하고 있을 때, 모르는 사람에게서 메일이 왔다. 자신은 필리핀에 있는 무역 회사의 영업이사로, 필리핀의 가장 큰 쇼핑몰 프랜차이즈의 의뢰로 납품할 한국 뷰티 제품을 찾던 중, 센트위키의 보디워시에 관심이 생겨 연락하게 되었다는 내용이었다. '와! 드디어! 우리 제품이 해외로 진출할 수 있겠구나!' 싶었다.

그렇게 통화와 메일을 통해 조율하던 중 비행기를
통해 삼천 개의 보디워시를 1차로 수입하고, 2차는
배를 통해 같은 수량을 수입하기로 했음을 알려 왔다.
사실 이 업체와 거래를 하기로 했던 이유는 백 퍼센트
선지급이었기 때문이다(수출 경험이 없는 나로서는 현지
에이전시도 없는 상태에서 돈이라도 확실히 먼저 받자고
생각했었다).

영업이사는 필리핀 쇼핑몰에서도 제품에
만족스러워한다며, 앞으로도 잘 부탁한다고
이야기했다. 그러면서 물류 회사에 연락해 확정일자를
받아 달라 말했고, 나는 아무런 의심 없이 영업이사가
알려준 물류 회사에 연락했다. 물류 회사 담당자는
항공 확정일자를 위해서는 항공권을 미리 발권해야
한다 했고, 그 비용은 삼백만 원이 조금 넘었다. 여기서
내 촉이 스물스물 시동을 걸기 시작했다.

필리핀에 있는 영업이사에게 이야기하니, 발권
비용은 자기들이 부담할 것이며 1차 대금을
송금하면서 발권 비용도 함께 송금할 것이라 말했다.
스물스물 시동을 걸던 나의 촉은 조금 더 날카로워지려

마음이 까끌까끌할 때   183

했지만 아직까지 뭔가 확실한 증거는 없었다. 모두 의혹뿐인 상태였다.

'일단 돈이 들어오는 걸 확인하고 진행하자!'라고 생각했는데, 영업이사는 필리핀 은행을 통해 송금했다며 송금확인증을 보내왔다. 해외 송금이기 때문에 은행에서는 주말 지나고 월요일쯤 확인이 가능할 거란 말과 함께, 쇼핑몰 업체와 한국 시각으로 당일 오후 4시에 미팅하기로 했으니 항공권을 발권해 확정일자를 4시 전까지 알려 달라고 했다.

이때 나의 촉은 그야말로 명탐정 코난과 소년탐정 김전일 못지않게 날카로워지기 시작했다(남편의 잦은 해외 출장으로 해외 송금을 꽤 여러 번 해 봤기 때문이었다. 억 단위의 돈도 아닌데 송금 확인이 그렇게 늦게 된다고?).

그렇게 나는 가장 먼저 영업이사가 송금하고 보내온 송금확인증을 파기 시작했다. 국내 거래 은행에 전화해 상황을 설명하고, 이 돈이 정말 입금된 거라면 언제 확인할 수 있는지를 물어봤다. 그리고 돈을 보낸 필리핀 은행의 한국 지사에 전화해 역시 같은 내용을 물어봤다. 그리고 송금확인증의 진위를 확인할 수 있는지, 필리핀 은행은 원래 송금확인증에 코드가 없는지(해외 송금에는 코드가 존재한다)를 물어봤다.

그다음 영업이사 명함에 있는 회사를 파기 시작했다. 노르웨이에 설립된 원료 회사라는 것 말고는 정보가 없었다(사실 연락을 받고 이걸 제일 먼저 해야 했는데, 수출이라는 말에 꽂혀 제대로 알아보지 않은 나의 잘못이었다. 그저 작은 회사라서 검색해도 안 나오려니 생각했을 뿐이다).

그다음 확인은 물류 회사 직원이었다. 물류 회사의 이름으로 인터넷 검색을 시작했으나 메일로 받은 사업자등록증과 일치하는 회사가 없었다. 같은 이름의 주소지가 다른 회사를 하나 찾아내어 전화를 걸었다. 그쪽 물류 회사에 이런 담당자가 있냐고 묻자 그런 사람이 존재하지 않으며, 해당 회사를 사칭하는 사람이라고 말했다. 잡았다. 요놈.

영업이사가 말한 4시가 다 되어 가자 내 전화기는 쉴 새 없이 울리기 시작했다. 울리는 전화를 무시하고 인터넷에 '필리핀 무역 사기'를 검색하니 업종만 다를

뿐 내가 겪었던 방법 그대로 사기를 당한 사례가
꽤 많았다.

　　주로 중소기업에 연락해 "너희 물건이 좋아 보이니
필리핀에서 수입하고 싶다. 결제는 선금 백 퍼센트로
하겠다. 물건만 받고 연락이 두절되는 무역 사기는
걱정하지 않아도 된다. 대신 항공 확정일자를 받아
줘라. 확정일자를 받기 위해서는 삼백만 원 대의
항공권을 결제해야 하고, 해당 날짜가 되기 전까지
항공권은 얼마든지 변경하거나 취소할 수 있다. 발권
비용까지 우리가 보냈다. 근데 해외 송금이라 월요일
정도에 확인될 거다. 필리핀 업체와 미팅을 해야 하니
4시 전까지는 확정일자를 받아서 알려 달라." 그들의
고정된 사기 레퍼토리였다.

　　꽤 가슴 아픈 이야기지만, 판로를 고민하는
중소기업에서 수출, 그것도 물건을 떼일 염려 없이
선금으로 결제하겠다는 것은 아주 매력적인 이야기다.
수출을 통한 해외시장 확보는 물론이고, 몇천 단위의
돈이 한 번에 들어온다는데 싫어할 기업이 없지
않을까? 나 역시 '해외시장 진출!'에 들떴던 게

사실이니까.

하지만 사기의 문턱에서 당하지 않을 수 있었던 가장 큰 이유는 결정적인 증거가 나오기 전부터 묘하게 싸했던 촉 때문이었다. 확실하지 않음에도 불구하고 계속 싸한 느낌이 드는 촉을 무시하지 않았기 때문이다. 만약 나의 촉보다 '해외 진출, 선금 백 퍼센트'처럼 이익으로 보이는 것에 더 집중했다면 난 분명히 사기로 삼백만 원을 날렸을 거다.

어떤 일을 결정할 때 뭐라고 설명하기는 어렵지만, 생각보다 당신의 촉은 높은 정확성을 갖고 있다. 꼭 큰일을 결정할 때가 아니더라도 그러하다. 심지어 나도 향수를 살 때 싸한 촉이 들면 구매를 한 번 더 생각하는 편이다.

특별히 싫은 향은 아닌데
마음 한구석에 묘한 까끌까끌함이 있다면
그 느낌을 믿어도 좋다.

당신에게 까끌까끌한 느낌을 주는 싸한 촉은 생각

이상으로 정확하다. 다 마음에 듦에도 불 구하고 뭔가 선뜻 지갑이 열리지 않는다면, 당신의 촉이 '이 향수는 아닐 수도 있어!'라며 신호를 보내는 중일 수 있다. 지금 당장 그 향수를 사지 않아도 괜찮다(한정판이 아니라는 가정하에). 조급하게 결정하면 후회할 수 있다는 것을 꼭 기억해야 한다.

서른 번째 노트   188

딥티크(Diptyque)

오 드 민떼 오 드 뚜왈렛(Eau de Minthe EDT)

출시	2019년
조향사	파브리스 펠레그린(Fabrice Pellegrin)
탑 노트	민트, 넛맥
미들 노트	제라늄, 로즈옥사이드
베이스 노트	파출리

마음이 까끌까끌할 때

서른한 번째 노트
네 것도 아닌데 왜 그래요?

오래 다닌 회사를 그만두게 된 이유는 생각보다
복합적이었다. '여기다 뼈를 묻겠다!'까지는 아니었어도
신입 때부터 목표가 있었고 비전이 있었다.

그런데 어느 순간부터 그 비전과 목표가 흔들리기
시작했다. 언제 터질지 모르는 상태에서 날아온
결정타는 그동안의 회사 생활을 단 한순간에
종료시켰다. 당시 해외 출장 중이던 남편과 주말 동안
이야기를 나누고 월요일에 출근해서 아침에 대표에게
보고 후, 일주일 동안 초스피드로 인수인계를 한 뒤 그
주 금요일에 있던 엠티까지 참석한 후 퇴사했다.

퇴사하며 한 줌의 미련도 없었지만 미안함이
존재하는 몇몇이 있었다. 내 팀이 아니어도 나에게

찾아와 고민을 털어놓고, 터져 나오는 눈물과 함께
마음을 꺼내 놓던 후배들이었다. '내가 이 친구들의
정신적 지주, 해결사가 되어 줘야겠다!' 같은 마음은
절대 아니었다. 회사에서 믿고 의지할 선배가 있다는
것이 얼마나 큰 힘이 되는지 알았기에, 그들에게
조금이나마 힘이 되고 싶었을 뿐이다.

그렇게 인연을 맺은 후배 중에 지금도 연락하며
이런저런 이야기를 나누는 슬기라는 친구가 있다. 최근
슬기가 어두운 얼굴로 꺼낸 이야기를 들으며 나도
모르게 "미친 거 아니야?"를 연신 내뱉게 되었다.
슬기가 승진하면서 사무실이 바뀌었는데, 기존에 있던
타 부서 사람들 텃세가 너무 심하다는 것이었다. 그것도
자리를 먼저 차지하고. 자리가 정해져 있던 예전과
달리 부서장급을 뺀 나머지는 이제 오는 순서대로
자리를 정해 앉는다고 했다. 공유 사무실처럼 말이다.

여기까진 아무 문제가 없었지만, 항상 일찍 와서
앉고 싶은 자리에 고정적으로 앉는 슬기네 부서가
표적이 되었다. 없는 규칙까지 만들어 가며 같은 자리에
연속으로 앉지 못하게 슬기를 힘들게 하고, 회의 때는

노골적인 무시와 조롱이 반복된다고 했다. 누가 봐도 텃세였다. 자기네보다 일 잘하는 후배를 괴롭히는 치졸함으로 똘똘 뭉친 집단이었다.

사실 이 이야기를 쓰고자 했던 의도는 빌린 권력을 휘두르며 자신이 특별한 왕좌에 앉아 있다 착각하고 행동하는 사람을 비꼼과 동시에, 자신이 만든 향수도 아닌데 향수에 말도 안 되는 자부심을 부리는 사람에 대해 말하기 위함이었다. 할 말은 많지만 더 하지 않겠다.

당신만은 자신의 세계에 갇혀 모든 것을 판단하고 평가하지 않았음 한다. 무시하고 모른 척하던 작은 것이 그 세계를 무너뜨릴 수 있다.

클라이브 크리스찬(Clive Christian)

넘버 원 페미닌 오 드 퍼퓸(No1 Feminine EDP)

출시	2001년
조향사	퍼트리샤 슈(Patricia Choux)
탑 노트	플럼, 피멘토, 복숭아
미들 노트	장미, 오스만투스, 일랑일랑, 재스민
베이스 노트	앰버, 머스크, 바닐라

서른두 번째 노트
지고는 못 가도 마시고는 가야지

돌아가신 할아버지는 술을 정말 좋아하셨다(물론 우리 집에 안 그런 사람이 어디 있을까 싶지만). 내가 아주 어릴 적 할아버지는 암으로 수술받으셨고, 당시 의사는 수술해도 석 달을 넘기기 어려울 거라 했다. 여생이 석 달밖에 남지 않았다는 진단을 받고 담배는 완전히 끊으셨지만, 술은 돌아가실 때까지 즐기셨던 분이었다(할아버지는 수술 후 이십 년 넘게 사셨고, 아흔을 바라보는 연세에 지병이 아닌 노환으로 돌아가셨다).

담배는 끊어도 술은 못 끊겠다고 하시던 할아버지는 매일 밤 할머니가 잠자리에 드신 후 몰래 슈퍼에 가서 소주를 한두 병씩 사 오시곤 했다(비가 많이 내리는 날에도 술을 사러 나가시다 보니, 평소보다

늦게 들어오시면 혹시나 하는 생각에 맘을 졸이게
만드셨고, 피치 못할 사정으로 술을 사러 나가지 못하시면,
할매가 요리용으로 빼놓으신 소주를 몰래 드시곤 했다.
물론 다음 날 할매의 분노를 감당하셔야 했지만).
그렇다고 주정을 부리시거나 누군가에게 해코지하진
않으셨다. 그저 정말 행복하게 드실 뿐이었다.

　"지고는 못 가도 마시고는 가야지." 할아버지가
술을 드실 때마다 입버릇처럼 하시던 말씀이다.
애주가다운 좌우명이다. 술을 저승에 싸서 갈 수
없으니 살아 있을 때 실컷 마시겠다는 할아버지의
좌우명은 여러 감정이 섞인 한숨이 튀어나오게 하는
멘트였다.

　그런데 요즘 들어 부쩍 할아버지의 좌우명이
생각나고는 한다. 술을 사거나 마실 때 생각나는 건
아니다. 인터넷에서 향수 정보를 검색하다 향수장 안에
있는 수백 병의 향수를 볼 때마다 할아버지의 좌우명이
자동 재생되는 느낌이다. 이럴 땐 뭐라고 표현하는 게
맞을까? 저승길에 가져가지도 못하니 지금부터 눈에
박아 놓겠다? 아니면 지금부터 아끼겠다? 그럴싸하게

포장하고 싶지만 여간 어려운 일이 아니다.

　어느 영역에나 수집가는 존재한다. 와인이나 양주, 가방이나 구두도 그렇고 향수도 마찬가지다. 방 한 켠에 자리한 수백 병의 향수를 보며 행복을 느낄 수도 있겠으나, 이 향수를 모두 뿌려 보기는 할 수 있을까 싶은 생각이 더 강하게 드는 것을 보면, 나는 수집가로서의 재능도 가능성도 없는 사람이 틀림없다(내가 수집은커녕 물건에 대한 애착마저 별로 없는 성향이라 더 그러하다. 예전 직장의 상사가 내 집들이에 왔다가, 방바닥에 아무렇게나 놓인 명품 가방을 보고서는 "몇백만 원짜리 가방을 저렇게 막 굴리는 건 혜은이 너밖에 없을 거야"라는 말을 했었다. 정말 그럴까? 가방이 가방이지 뭐. 가방이든 향수든 종류에 관계없이 난 '수집'과는 참 거리가 먼 사람임이 분명하다).

　오해 방지를 위해 말하자면 "향수는 고양이가 아니다"에서 말한 것처럼, 나는 무엇보다도 기능을 중요시하게 생각하는 사람이다. 그러다 보니 용도 외 목적으로 물건을 고르는 것을 잘 이해하지 못하는 편이다. 하지만 이해의 여부와는 별개로 상식적인

선에서 개인의 관점과 취향은 존중한다.

수집가는 수집하는 자체의 즐거움을 즐길 것이고, 나는 향을 뿌리고 느끼면서 즐거움을 즐길 뿐이다. 다만 가지런히 예쁘게 정렬한 수십, 수백 병 향수의 운명은 어떻게 될지 궁금해한 적은 꽤 많다.

향수가 자아를 가졌다면, 왕의 승은을 받기 위해 매일 밤 치장하고 기다렸던 후궁의 마음과 비슷하지 않을까? 이런 우스운 상상과 함께 수많은 향수 중에서 하나를 정말 오랜만에 뿌리려 꺼냈는데, 그 사이에 변향되어 버려야 한다면 얼마나 슬플까? 어떤 향수가 있는지 다 기억은 할까? 까먹고 똑같은 향수를 구매하진 않았을까? 저승에서 향수 영업은 할 수 있을까? 이런 엉뚱한 생각을 연달아 한 적이 많다. 그것도 꽤 자주 말이다.

선택지가 많은 것이 선택의 폭을 넓히는 긍정적인 효과를 낳기도 하지만, 때로는 '결정 장애'를 유발하기도 한다. 굳이 개수가 많을 필요는 없다. 상황별, 노트별, 시기별로 다양한 향수가 있어야 한다는 부담감도 가질 필요 없고, 꼭 그럴 필요도 없다.

수십 병의 좋은 향수를 갖고 있다 하더라도, 분명 손에 잡히고 자주 뿌리는 향수는 몇몇 개로 정해지기 마련이다.

얼마 전에 만난 노년의 신사는 오십 년 넘게 같은 향수 하나만 뿌리고 있다며 그것이 당신의 '인생' 향수라고 했다. 적으면 적은 대로, 많으면 많은 대로 뿌릴 향수가 없다고 느끼겠지만 그렇다면 당신은 완벽하게 만족스러운 향수를 아직 찾지 못했을 뿐이다. 오래 숙성된 와인이 무조건 최고라 할 수 없는 것처럼 뭐든 그에 맞는 가장 좋을 때가 있다.

아라미스(Aramis)

아라미스 오 드 뚜왈렛(Aramis EDT)

출시	1964년
조향사	버나드 찬트(Bernard Chant)
탑 노트	알데하이드, 향쑥, 큐민, 타임, 베르가못, 가드니아, 클로버
미들 노트	클라리세이지, 카다멈, 클로브, 재스민, 머틀, 붓꽃뿌리
베이스 노트	이끼, 가죽, 베티버, 앰버, 코코넛, 머스크, 파출리, 샌달우드

지고는 못 가도 마시고는 가야지

서른세 번째 노트
그때와 지금의 넘버 파이브

"지고는 못 가도 마시고는 가야지"라고 하셨던
할아버지는 믿기지 않겠지만 건강을 인생 최고의
가치로 생각하시는 분이었다(다시 한 번 말하지만,
술과는 별개다). 투병 이력 때문인지 건강을 위해서라면
술을 끊는 것 빼고 모든 걸 하시는 분이었다. 특히
음식과 운동에서 타협이 없으셨는데 의사가 운동 좀
줄이라고 사정할 정도였다.

할아버지는 타고난 동안과 남다른 건강관리로
연세에 비해 이십 년 이상은 젊게 사시는 분이었고,
운동으로는 등산을 즐기셨다. 다른 할아버지 친구를
놀려 주는 재미로 산을 타시는 분이었다. 할아버지가
가장 까탈스러우셨던 분야는 바로 음식이었다. 음식

중에서도 짠 게 식탁에 올라오면 그날 식사는 할아버지의 잔소리로 밥이 입으로 넘어가는지 코로 넘어가는지 모를 지경이었다. 소금이 몸에 얼마나 안 좋으며, 싱겁게 먹어야 건강하다는 일장 연설을 식사가 끝난 후까지도 계속하셨다(이때마다 할매는 "그냥 주는 대로 처먹지"라며 절대 지지 않으셨다).

할아버지, 할머니와 살다 보니 우리 집 식탁은 외식, 밀키트 등과 거리가 아주 멀었다. 한번은 누가 레트로트 곰탕을 드시라고 가져왔다. 모두에게 돌아갈 양은 아니어서 할아버지에게만 곰탕을 드렸는데(그렇게 지지고 볶고 싸워도 좋고 맛있는 것은 남편 먼저 챙기시는 할매였다), 할아버지는 한 숟가락 드시자마자 "짜다!" 소리치시며 보온 통에 둔 따뜻한 맹물을 국에 붓기 시작하셨다. "할아버지! 그러면 맛없어요"라는 나의 만류에도 할아버지는 당신 입맛에 국이 얼마나 짠지 소태 같다며 거침없이 물을 섞으셨다. 물론 그걸 보는 할머니는 '또 시작했다'는 표정으로 할아버지를 못마땅하게 쳐다보셨다.

맹물을 섞은 후에도 할아버지는 영 마음에 들지

않는 표정을 지으셨다. 식사가 끝나고 할아버지가
방으로 들어가신 후 보니 곰탕은 조금도 줄어들지 않고
고스란히 남아 있었다. 그대로 남아 있는 국그릇을 본
할머니는 혀를 쯧쯧대며 고개를 저으실 뿐이었다.

할아버지가 곰탕을 안 드셨던 이유는 맛이 없었기
때문이었다. '저염'을 외치며 물을 섞었지만, 그 맛이
그대로 유지될 리 없다. 저염이라는 신념(?)과 미각의
상충으로 인한 포기 상태랄까. 곰탕 외에도 할아버지의
'저염 최고' 논리와 미각의 협의 불발은 자주 일어났고,
식사가 조용한 날은 그리 흔치 않았다.

그렇게 할아버지는 건강을 위해 저염을 해야 한다
하셨지만, 음주를 비롯해 건강을 해치는 것도 꽤 많이
하시는 편이었다. '건강을 위한다면 술부터 끊으셔야 할
텐데' 생각했던 적이 한두 번이 아니었다.

건강 이야기가 나왔으니 향수 이야기로 이어
가자면, 향수는 결코 건강에 이롭다 말할 수 없다. 물론
기분 좋음으로 인한 정신 건강에는 도움이 될 수
있지만, 향으로 인한 부작용이 더 많다고 할 수 있다.

그러니까 올바른 방법으로 향수를 즐기는 것이

중요하다. 먼저, 검증이 되지 않은 제품을 사지 않는
것부터 시작하자.

똑같은 향수인데 유독 저렴한 가격으로 판매하는
향수를 발견했다면, 그 마법 같은 가격에 낚여서는 안
된다. 간혹 "정품과 동일한 향수인데 포장지에 흠집이
나서 제값을 받을 수 없는 정품 향수를 싸게
유통합니다!"라는 식으로 광고를 하는 판매자가 있다.
말도 안 되는 상술에 넘어가는 순간, 당신은 가짜
향수를 구매하게 된다. 품목을 막론하고 이유 없이
저렴한 제품은 절대 있을 수 없다.

향수를 비롯해 향 관련 제품을 쓸 때 환기는
필수다. 특히 캔들이나 인센스 등은 더더욱. 특히
방문을 닫은 채로 인센스나 캔들을 태우는 행동은
당신의 폐를 실시간으로 망가뜨린다는 걸 알아야 한다.

향수에는 고농도 알코올이 들어 있으므로
알코올로 인한 피부 자극이 일어난다면 일단 쓰는 것을
중지하자. 그리고 피부에 닿지 않게 향수를 뿌리거나
워터 베이스 혹은 오일 베이스의 롤온 타입 향수를
쓰는 것이 좋다. "주사 맞기 전 소독솜은 괜찮은데

향수는 왜요?"라고 한다면 알코올의 농도 때문이다.
향수에 들어가는 무수알코올은 그 농도가 구십 퍼센트
이상인 반면, 소독용 알코올은 팔십 퍼센트대의 농도다.

향수의 부작용은 비단 알코올에서만 생기는 것은
아니다. 향수의 성분을 보면 리날룰, 시트랄, 제라니올,
리모넨, 하이드록시시트로넬알 등 알레르기를
유발하는 항료를 확인할 수 있다. 하지만 알레르기를
유발하는 향료가 들어 있다고 나쁜 향수는 절대
아니다. 실제로 알레르기 유발 성분이 하나도 없는
향수를 찾는 것은 정말 어렵다(간혹 '알레르기 프리'라고
광고하는 것을 보긴 했으나, 직접 시향해 보지 않아서
말하기가 어렵다).

알레르기 유발 성분은
천연에도 존재하고 합성에도 존재한다.

간혹 천연향료라서 좋고 합성향료라서 좋지
않다는 이분법적 주장을 하는 사람이 있다. 이는 결코
사실이 아니다. 천연향료에는 적게는 수십, 많게는 수백

가지의 성분이 포함되어 있는데 그 안의 어떤 성분이 문제를 일으키는지는 모를 일이다(유의미하게 검출되지 않은 성분이 누군가에게 심각한 문제를 일으킬 수 있다).

실제로 향수를 만들 땐 천연향료와 합성향료 두 종류를 모두 활용하는데, 천연향료를 통해서는 복합적이고 볼륨감 있는 향을 만들 수 있고, 합성향료를 통해서는 천연에서 얻을 수 없는 다양한 향기를 만들어 낼 수 있다.

지금도 향료는 전 세계적으로 끊임없이 연구가 진행되고 있다. 과거에 쓰던 향료에 유해성이 밝혀지면 어느 순간을 기점으로 그 향료는 쓸 수 없다. 나라별로 조금씩 다르지만, 국제향료협회IFRA의 기준에 따라 유해 물질을 규제하고 있다. 백 년 전 넘버 파이브에는 머스크 케톤Musk Ketone이 들어갔지만, 지금 넘버 파이브에는 들어가지 않고, 크리드의 '어벤투스'가 처음 출시된 때와 지금 향이 다르게 느껴지는 이유가 여기에 있다. 향료로 인한 부작용은 단순한 발진, 가려움부터 내분비계 교란, 발암 등의 문제까지 될 수 있기에 향수는 현명하게 쓰는 것이 중요하다.

확실한 건 천연이 무조건 좋은 것도 아니고, 합성이라고 나쁜 것도 아니라는 것이다. 향이 들어간 모든 제품이 나쁜 것은 더더욱 아니다. 그저 당신에게 해를 끼치지 않는 현명한 소비를 해야 할 뿐이다.

크리드(Creed)

어벤투스 오 드 퍼퓸(Aventus EDP)

출시	2010년
조향사	장 크리스토프 에로 (Jean-Christophe Hérault)
탑 노트	사과, 블랙커런트, 핑크페퍼, 베르가못
미들 노트	재스민, 파인애플, 파출리
베이스 노트	이끼, 시더우드, 자작나무, 앰버그리스

서른네 번째 노트
하나만 뿌리면 중간이라도 갈까?

이십 년도 더 지난 일이지만, 중학교 때 국사 선생님이
늘 이런 말을 한 게 기억에 남는다. "빛나는 돌들아.
가만히 있으면 중간이라도 간다." 가만히 있으면
중간이라도 간다는 말이 그때는 별로 와닿지 않는 말
중 하나였지만, 크면서 보니 가장 공감을 많이 하게
되는 말 중 하나다. 가만히 있으면 중간이라도 간다는
말에 얽힌 일화를 이야기하려 한다.

　　때는 스물한 살, 대학교 동기들이 군대에 가기
시작했고 소꿉친구 중 한 명인 정민이도 역시 군대에
가게 되었다. 정민이와 나 그리고 또 다른
소꿉친구("의외로 답은 가까이에"에서 등장한 '던킨'
친구)는 같은 아파트 단지에 살면서 같은 독서실을

다니며 친해지게 되었는데, 친한 친구가 군대에 간다니
뭐라도 해 주고 싶은 마음이 들었다. 정민이가 자대에
배치받고 얼마 후, 우리는 당시 유행하던 과자 상자를
보내기로 했다. 과자만 보내기엔 뭔가 부족한 것 같아서
전역한 사촌 오빠에게 군대에서 뭐가 필요한지
물어보니 군대에서는 항상 속옷이 부족하니 속옷을 사
주면 좋다고 이야기했다.

　친구와 둘이서 마트에 가 "팬티는 사이즈를
모르니까 양말이라도 넉넉하게 사 주자!" 하며 양말
코너에서 한참 고민하며 양말을 골랐다. "하얀색은
때 많이 탈 텐데 그냥 까만색 사 줄까?", "까만색은
너무 답답해 보이지 않을까?", "그럼 회색으로 하자!",
"이 양말이 더 튼튼해 보인다!" 이런 이야기를 하면서
꽤 비싼 양말을 골라 자대로 보낼 택배 상자에 넣었다.
초코파이를 비롯한 다양한 과자와(나름 머리 쓴다고
부대원과 나눠 먹을 수 있게 개별 포장한 과자를 구매했다.
진심으로 선임에게 과자 다 뺏기면 어쩌지 고민하며
과자를 골랐던 우리였다) 장난으로 키스 마크까지 찍은
편지까지 담아 택배를 보낸 며칠 후, 우리는 전화를 한

하나만 뿌리면 중간이라도 갈까?　　　　209

통 받았다.

"마! 느그들 미쳤나? 도라이가? 몬산다 진짜!"
부산 사투리로 우다다 쏟아 내는 말에 우린 그저
"와! 정민이다!"라고 반가움을 표현했지만, 정민이
목소리에 담긴 감정은 '이것들을 때릴 수도 없고, 어휴!
이 사고뭉치 같으니. 고마운 건 고마운 건데 진짜
느그들은 나가서 두고 보자'였다.

우리가 생각한 반응은 이게 아니었는데, 알고 보니
군대에는 일명 '싸제' 반입이 금지라 과자를 빼고는
모두 압수되었고, 정민이는 간부에게 혼났다고
했다(나중에 사촌 오빠에게 따지니 장난이었다며 설마
진짜 사서 보낸 거냐고 되물었다. 에라이).

그냥 고생하니까 뭐라도 해 주고 싶었던 마음에
이것저것 담아 보냈을 뿐이었는데, '이럴 줄 알았으면
비싼 양말 사지 말고 그냥 천 원짜리 싸구려 살걸!'
하는 생각도 괜히 들었다. "가만히 있으면 중간이라도
간다"라는 말이 생각나는 순간이었다.

향수에도 정민이의 양말 같은 상황이 존재한다.
"가만히 있으면 중간이라도 간다"를 향수 버전으로

바꾸면 '과유불급'이라고도 표현할 수 있을 것 같다.
두 향수를 레이어링할 때 가장 흔하게 겪는 상황이다.
자신만의 향을 만들기 위해 서로 다른 향수로
레이어링을 하는 사람이 많은데, 레이어링은 결코 쉬운
작업이 아니다.

　　레이어링이 어려운 이유는 이미 흐름이 완성된
향기들을 섞는다고 더 완벽한 향이 나온다는 보장이
없기 때문이다. 또한 향수를 구성하는 포뮬러의
노트와 그 양에 따라 향이 흐르는 시간은 제각각이기
때문이다.

　　<u>"이 향수의 잔향과 저 향수의 미들 노트가
섞인 향을 원해!"</u>
<u>내가 원하는 순간의 향끼리 잘 섞인다는 보장은
절대 할 수 없다.</u>

　　그래도 당신이 꼭 레이어링을 해야겠다면,
생각하는 두 개 이상의 향수가 서로 어울리는
향취인지부터 알아봐야 한다. 가장 쉬우면서 효과적인

하나만 뿌리면 중간이라도 갈까?　　　　　　211

방법은 시향지를 이용하는 것이다. 뿌리고자 하는 향수를 각각 시향지에 뿌린 후, 동시에 두 시향지 냄새를 맡는다.

시향지를 이용해 두 향수가 잘 어울리는지 확인했다면, 어떤 향을 메인으로 할 것인지에 따라 뿌리는 양을 조절해야 한다. 양에 대한 정답은 없다. 당신이 원하는 향이 나올 때까지 직접 착향하며 조합을 찾아가야 한다. "같은 노트가 들어 있는 향수끼리 레이어링하면 좋다"는 말을 듣는데, 사실이기도 하고 아니기도 하다.

만약 어떤 향수들을 레이어링해야 할지 모르겠다면, 상대적으로 캐릭터가 강렬한 향수와 그 향을 희석시킬 수 있는 향수를 같이 쓰는 것도 방법이고, 아예 레이어링 용도로 나온 심플한 향수를 쓰는 것도 방법이다.

엔씨피(N.C.P.)

102 진저 & 라임 오 드 퍼퓸(102 Ginger & Lime EDP)

출시	2019년
조향사	얀 바스니에(Yann Vasnier)
탑 노트	자몽, 진저, 코냑
미들 노트	블랙베리, 고수
베이스 노트	샌달우드, 머스크, 향신료

서른다섯 번째 노트
지금 그게 문제가 아니에요!

내 입으로 말하긴 참 재수 없지만, 나는 피부가 참 좋다. 누군가 피부 관리 비결을 물어도 "타고났어요"라고 말할 뿐이다. 집안 내력으로 좋은 피부를 타고난 장점이라면, 뭘 발라도 혹은 바르지 않아도 트러블이 나지 않는다는 점이고, 단점이라면 좋은 것을 발라도 좋은지 모른다는 점이다.

그런데 어느 날 눈꺼풀 위에 생긴 비립종이 눈에 들어오기 시작했다. 한 번 눈에 들어오기 시작한 비립종은 거울을 볼 때마다 신경 쓰게 했다. 여기에 평소에 보이지 않던 다른 비립종까지 눈에 들어오기 시작했다. 거슬림의 절정은 이마 헤어 라인에 생긴 비립종이었다.

모른 척 참다 참다 결국 피부과에 레이저 예약을
하고 가격까지 확인한 뒤, 대망의 당일이 밝았다.
피부과에 가다 만난 동네 친구이자 사무실 근처 카페
사장님과는 "피부과 다녀올게!", "피부과? 왜?",
"지난번에 이야기한 그 비립종 제거하려고!", "아! 이마?
잘 다녀와요!" 신나게 인사를 나누고 피부과로 향했다.

마취 크림을 도포하기 전, 실장이 시술을 받을
부위를 표시하기 위해 나에게 "고객님! 비립종 제거할
부위가 어디 어디죠?"라고 물어봤다. 그동안 거울을
보며 거슬렸던 비립종을 가리키며 말하는데, 갑자기
실장이 "어머, 고객님! 이건 비립종이 아니라
사마귀에요! 어머어머! 밝은 데서 봅시다!"라며 나를
침대에 눕혀 놨다. 나를 침대에 눕힌 후 조명을 켜
얼굴을 확인한 실장은 "고객님! 지금 그게(비립종이)
문제가 아니에요! 얼굴에 사마귀가 있어요. 사마귀는
퍼져서 빨리 없애야 해요!"라며 거침없이 얼굴에
부위를 표시하기 시작했다.

몇 분 후, 내 얼굴 전체에는 마취 크림이 도포되고
입술에 저릿저릿 감각이 없어질 때쯤, 레이저가 얼굴을

지금 그게 문제가 아니에요!   215

지져 대기 시작했다. 길고 긴 시술이 끝난 후 시술
부위에 재생 테이프를 붙였는데, 얼굴 전체가 재생
테이프로 도배되었음은 말할 필요도 없다.

그렇게 주의 사항을 듣고 나와 사무실로 복귀하던
길에 아까 만난 카페 사장님은 내 얼굴을 보며
박장대소했다. "언니! 아니, 이게 어떻게 된 거예요?
비립종 몇 개 제거하러 간다며? 얼굴이 왜 그래?"
병원에서 있었던 일에 대해 듣더니, 게다가 원래
제거하려던 거슬림의 절정이었던 헤어 라인의
비립종은 제거되지 않았다는 것을 알고 나서 그의
웃음소리는 더 커졌다.

오랜 기간 고민하고 신경 쓰다가 병원 가기를
결심하게 했던 비립종이 아니라, 생각도 하지 못했지만,
더 심각한 문제였던 편평 사마귀를 발견했을 때의
내 심정이란!

정작 중요한 것은 놔두고 부수적인 것에 집중하는
것엔 무엇이 있을까? 향수도 그중 하나다. 나의 경우를
예를 들자면, 중요한 것은 향 그 자체고 그 외의 것은
부수적이다. 하우스의 명성이라든가, 지속력이라든가.

사실 브랜드 자체로 선뜻 손이 가지 않는 향수
브랜드가 몇 있다. 하우스가 지향하는 콘셉트와 향이
취향에 맞지 않거나, 특정 조향사의 표현 방식을
선호하지 않거나 하는 등의 이유 때문이다. 물론
취향에 따른 호불호이기 때문에 잘못되었다고
생각하지는 않는다. 다만 손이 잘 가지 않게 되는 건
어쩔 수 없다.

그런 브랜드 중에서 향의 전개 방식이 재미없게
느껴지고 지속력까지 짧은 편이라 정말 거들떠보지도
않던 브랜드가 있었다. 그런데 몇 년 전 우연히 그
브랜드 향수 하나를 시향하게 되었다. 심지어
브랜드에서 누구나 다 알 법한 유명 향수도 아니었고,
특정 향조 때문에 실제로 호불호가 갈리는 향수였다.

브랜드에 대한 선입견 때문에 기대라고는 전혀
없는 상태에서 시향한 그 향수는 해당 브랜드에
갖고 있던 나의 선입견을 어느 정도 없애기에 충분했다.
중요한 것 그리고 부수적인 것이 더해진 내
고정관념으로 인해 냄새를 맡아 보려는 시도조차도
하지 않았지만, 솔직히 말하자면 부수적인 것의

지금 그게 문제가 아니에요!

영향이 더 큰 경우였다. 브랜드의 고정관념으로 인해 향수에서 가장 중요한 '향'을 맡기도 전에 나도 모르게 배척하고 있었던 셈이다.

여러 번 이야기하지만, 향이 아닌 그 외의 것으로 인해 향수를 고를 때가 많다. 지금 당신이 어떤 향수의 향을 맡기도 전에 그 외적인 문제부터 생각한다면 이 말을 해 주고 싶다.

"지금 그게 문제가 아니에요!"

서른다섯 번째 노트   218

조 말론(Jo Malone)

화이트 자스민 & 민트 코롱

(White Jasmine & Mint Cologne)

출시	2007년
조향사	데이비드 아펠(David Apel)
탑 노트	민트
미들 노트	오렌지꽃, 재스민, 백합
베이스 노트	마테

서른여섯 번째 노트
그 결정 다시 한 번 생각하오

나의 이야기를 읽으면서, 당신은 나에 대해 어느 정도 파악해 가고 있지 않을까? 다시 말하면, 나는 꽤 무디고 단순한 편이며 감정적 포용력이 큰 편이다(한마디로 단순해서 그런 게 아닐까). 게다가 물건에서는 용도에 맞는 기능을 가장 우선시하는 사람이다.

십 년째 몰고 다니는 차에서도 나의 무딤이 잘 보이는데, 차를 사며 처음 받았던 연락처 번호판이 여전히 대시보드 위에 있고, 그 외의 소품은 일절 존재하지 않는다. '차는 안전하게 잘 굴러가기만 하면 되지'라는 내 생각은 십 년째 이어져 오고 있다. 특히 어지간히 지저분하지 않은 이상 외부 세차도 따로 하지 않는다(내부 세차는 주기적으로 맡기곤 한다).

내부 세차 맡길 때 외부 세차도 해야겠다는
생각으로 미루고 미루다가, 부산에서 올라오는 친구를
픽업하러 공항에 가야 했다. 봄철 꽃가루로 인해
양심에 찔릴 정도로 차 외부는 지저분한 상태였고,
고민 끝에 나는 공항 근처에서 주유하고 세차까지
하기로 했다. 주유소에서 기름을 넣고 있던 와중에 한
남성이 나에게 다가왔다. 자기가 와이퍼 회사의
직원이라면서 지금 주유소에서 행사 중임을 알리며 내
차의 와이퍼가 수명이 다한 상태니 행사 중인 와이퍼로
교체할 것을 권유했다.

생각해 보니 와이퍼의 수명이 지나도 한참
지났지만, 비 오는 날 시야 확보에는 크게 문제가
없었다. '갈아야 하나? 시기가 지나긴 했지. 그냥
귀찮은데, 갈아 버릴까?' 아주 잠깐 생각하다가 갈아
달라 요청했다.

와이퍼 회사 직원이 와이퍼를 갈아 주던 도중,
가격도 모르고 갈아 달라 했구나 싶어 얼마인지
물어보니 하나에 이만 원이라는 대답을 들었다. 아,
와이퍼 하나 가는 데 사만 원이야. 바가지 제대로

그 결정 다시 한 번 생각하오   221

썼다(심지어 그게 절반 할인 가격이라 했다. 다시 써 놓고
보니 화딱지가 난다).

　　하지만 이미 와이퍼 두 쪽 모두 교체되던 중이라,
처음부터 가격을 물어보지 않은 내 잘못을 탓하며
"엄청 비싸네요"라고 말하자, 그 직원은 자기네
와이퍼는 고무가 아닌 실리콘 재질이라 타사 제품에
비해 내구성이 좋으며, 가격이 조금 비싸다 느낄 수
있지만 써 보면 절대 그렇지 않을 거라며 호언장담했다.

　　어차피 갈아야 할 시기도 지났고, 한 번 갈면 오래
쓰니까 사만 원 값어치 그 이상으로 쓰겠지 생각하며
(자기 합리화였을 수도), 계산 후 공항으로 향했다.
친구를 만나 방금 주유소에서 있었던 일을 말하자
"그래. 어차피 너 와이퍼 자주 교체 안 할 거잖아.
몇 년치 비용 그냥 한 번에 썼다 생각해"라고 했다.

　　그렇게 와이퍼 바가지 사건은 잊었다. 그 후로 비가
오지 않아 와이퍼를 쓸 일이 별로 없었기 때문이다.
사실은, 은근 얼마나 깨끗하게 닦일지 기대하고
있었는지도 모른다. 그러다가 여름이 시작되고 꽤
비가 자주 오니 비싼 와이퍼를 본격적으로 개시하게

되었다. 호언장담했던 그 직원의 말이 맞다면 지금 이 '노트'는 존재하지 않았겠지만 아주 안타깝게도 무려 사만 원이나 주고 교체한 와이퍼는 쿠팡에서 이만 원에 사서 삼 년간 썼던 와이퍼보다 성능이 떨어졌다(차에 대해 하나도 모르는 남편은 제대로 닦이지 않는 와이퍼를 보며 "와이퍼 갈았다고 하지 않았어? 딴거 갈았는데 내가 헷갈렸나?"라며 그야말로 속도 모르는 소리를 했다). 다시 사야 하나 고민할 정도로 제 기능을 못하는 그 녀석을 볼 때마다, 그날 왜 충동적으로 갈아 달라고 했을까. 아, 이래서 충동적으로 뭔가를 결정하면 안 되는 거라고 얼마나 생각했는지 모른다(물론 그 생각은 현재 진행형이다).

　　물건을 사거나 어떤 결정을 내릴 때, 충동적으로 내린 결정은 썩 나쁘지 않은 결과를 가져오기도 하지만 대부분은 그렇지 않다. 한 유명 강사가 말하길 절대 쇼핑하면 안 되는 시간대가 바로 몸이 피곤할 때라고 했다. 뇌에 관련된 연구에서, 사람의 뇌는 하루에 내릴 수 있는 결정의 개수가 정해져 있다고 했다. 그래서 연속적으로 뭔가를 결정하고 난 다음에 내리는 결정은

합리적이지 않거나 잘못된 결정을 할 때가 많다고
한다.

　당신이 향수를 구매할 때도 마찬가지다.
충동적으로 구매한 향수는 대부분 '왜 그때 이 향수를
샀지? 그때는 좋았나?'라는 결론에 도달한다. 물론
충동적인 향수 구매를 즐기는 사람도 있지만 그 향수가
모두 만족스럽다는 보장은 없다.

　충동적으로 향수 구매를 했다면
　그때 향기가 정말 좋았거나,
　시류가 된 것처럼 유행을 타는 향이었거나,
　아니면 짧은 시간 내의 반복된 시향으로
　완전히 합리적인 결정을 내릴 수 없을 때가 많다.

　"같은 향수를 다른 날 여러 번 시향하세요." 내가
시향이나 향수 구매의 꿀팁으로 항상 강조하는 말 중
하나다. 번거롭고 귀찮은 일이지만 이 귀찮은 과정이
향수를 충동구매하거나, 썩 마음에 들지 않는 향수가
화장대 위에 방치되는 걸 막을 수 있다. 향수를

충동구매하게 되는 이유 중에서 많은 사람이 간과하고
원인으로 생각조차 하지 않는 것은 '짧은 시간 내의
반복된 시향'이다.

궁금한 향수 하나만 시향하고 오는 사람도
있지만, 하루 날을 잡고 구매 전 시향 탐방을 하거나
한 브랜드에서 여러 향수를 시향하는 사람도 많다(바로
접니다. 방문한 매장의 모든 향수를 시향하는 사람).
급하게 여러 향수의 냄새를 맡으며 좋고 싫음 그리고
자신의 취향인지 아닌지를 결정하는 작은 선택마저도
반복되어 누적되면 정작 필요할 때 올바른(이게 맞는
표현인지는 모르겠지만) 결정을 내리기 어려울 수 있다.
당장 그 향수를 구매하지 않는다고 향수에 발이 달려
도망가거나, 내일 지구에 운석이 떨어지거나 하는 일은
발생하지 않는다(물론 나중에 가격은 올라갈 수 있다).
하지만 내 마음이 혼자 조급한 것이지, 향수는 절대
급하지 않다.

당신이 하루 안에 많은 향수를 시향한 후 구매할
수밖에 없다면 우선순위를 정하는 것이 좋다. 동선까지
완벽하다면 참 좋겠지만 그게 안 된다면 동선은 과감히

포기하고 향수 자체에 더 집중해야 한다. 충동성과 자기 합리화가 만나 내린 결정은 내 차의 와이퍼 같은 역할을 할 수 있다는 것을 꼭 기억하자. 비싸게 주고 샀지만 제 기능을 '1'도 못하는 바로 그 녀석 말이다.

당신이 매장의 영업과 충동성을 이겨 내고, 진정으로 원하고 좋아하는 향수를 구매하길 바란다(노파심에 덧붙이자면, 향수를 충동구매하는 것이 나쁘다는 건 아니다. 생각하지 못한 발견을 할 수도 있지만 슬프게도 그런 일은 흔하지 않다).

이솝(Aēsop)

휠 오 드 퍼퓸(Hwyl EDP)

출시	2017년
조향사	바나베 피용(Barnabé Fillion)
탑 노트	타임, 엘레미, 핑크페퍼
미들 노트	사이프러스, 스웨이드, 제라늄
베이스 노트	베티버, 프랑킨센스, 시더우드

서른일곱 번째 노트
바 선생이 알려 준 것

내 사무실은 1층에 있다. 뒷문을 열고 나가면, 크진
않지만 담벼락을 따라 화단이 있다. 사무실을 계약하기
전에 둘러보러 왔을 땐 '와, 여기 테이블 갖다 놓고
티타임 가져도 좋겠다!' 생각했다. 하지만 막상 이사
오고 보니 화단이 가까이 있어 웬만큼 방역을 잘하지
않으면 우리 모두가 가장 싫어하는 일이 생길 수
있음을 깨달았다. 과하다 싶을 정도로 방역에 신경
쓰며 잘 지내고 이사한 지 삼 년째의 어느 날, 나는
사무실에서 뒷문을 통해 들어온 '바 선생'과 만났다.
탕비실로 이용하는 공간의 불을 켜는 순간 포착된 그
움직임.

　어디선가 들었던 "사람은 극도의 공포와 만나면

비명도 지를 수 없다"라는 말처럼 나는 고장이 나
버렸다. '바 선생이라니!', '약을 얼마나 열심히 쳤는데!',
'저걸 어떻게 잡지?', '내가 잡을 수 있긴 한 건가?' 온갖
생각이 동시에 떠오르며 내 머리는 그야말로 터지기
직전이었다. 내 머릿속을 지배하는 생각은 '놓치면 절대
안 된다'라는 것이었다. '잡아야 한다!'

　잡아야 한다는 생각이 가장 우선시되자 나는
거침없이 움직이기 시작했다. 항상 사무실에 있던
살충제를 손에 쥐고 바 선생을 쫓기 시작했다. 그리고
바 선생이 익사할 정도로 약을 분사했다. 벽에 있던 바
선생이 바닥으로 떨어져 더 이상 움직이지 않자 그제야
나는 긴 숨을 내뱉을 수 있었다.

　전쟁의 시간은 아주 잠깐이었지만 체감상으로는
영원에 가까운 듯한 시간이었다. 바 선생의 사체를
어떻게 치울지 고민하다가 휴지를 돌돌 말아 가져오던
그 순간, 바 선생이 움직이기 시작했다. 그 순간
"꺄아아악"이 아니라 "으아아악"이 터져 나오며 손에
들고 있던 살충제로 바 선생을 내려찍었다.

　분노와 울분, 혐오, 공포 등의 모든 감정을 담아 바

바 선생이 알려 준 것　　　　　　　　　　　229

선생을 확인 사살하고 난 뒤, 들고 있던 살충제를
뿌리면 되는 것을 당황해 물리적 공격을 가했음을
뒤늦게 깨달았다.

바 선생의 사체 처리와 탕비실 뒷정리 그리고 다시
한 번 사무실에 분노의 방역을 하고 친구들에게 이
일을 이야기했다. 한 친구가 "대체 바 선생 같은 애는 왜
있는 걸까? 그냥 멸종했어도 되지 않나?"라고 말했다.
그래서 나는 예전에 어디선가 본 연구 결과를
말했는데, 바 선생이 먹어 치우는 쓰레기의 양이
엄청나서 지구의 청소부 역할을 한다는 내용이었다. 더
검색해 보니, 바 선생이 쓰레기를 먹어 치우는 능력을
음식물 쓰레기를 처리하는 데 이용할 수 있고, 뇌가 두
개여서 내려쳐도 잘 죽지 않는다는, 정말 알고 싶지
않은 사실까지 알게 되었다.

그러니까 바 선생은 싫더라도 필요한 존재(이 말을
쓰는 게 얼마나 어려웠는지 모른다)라는 것이다.

공중화장실, 좀약, 소독약, 똥 냄새까지,
향수에도 '바 선생' 같은 존재가 있다.

'이딴 게 향수에 들어가?'라고 생각할 수 있는데, 상당히 중요한 역할을 하는 향료가 분명 있다. 대표적으로 시벳이 있다. 시벳은 사향고양이의 생식선에서 얻는데 고농도일 경우 똥 냄새를 풍기며, 옅은 농도로 희석했을 땐 꽃향기를 풍긴다(이젠 고양이로부터 얻지 않는다. 현재 향수에 쓰는 모든 동물성 향료는 합성으로 만들어진다).

향수 재료 중 하나인 '시벳 앱솔루트'의 주성분은 시베톤Civettone, 스카톨Skatole, 그리고 시베톨Civettol이다. 이들은 합성 시벳을 만들 때 이용되는데 그중 스카톨은 대변의 주된 냄새 성분이기도 하다. "똥 냄새를 가진 향료라니! 향긋하고 아름다워야 할 향수에 대체 이게 웬 말이냐! 당장 물러가라!" 피켓이라도 들어야 할 것 같지만, 적절한 농도의 시벳은 꽃향기를 아주 고급스럽고 관능적으로 만드는 역할을 한다.

시벳처럼 고농도일 때는 악취에 가까운(혹은 악취 그 자체) 냄새를 풍기지만, 희석 후에는 향긋한 꽃향기를 풍기는 향료가 또 있다. 공중화장실 혹은 좀약 냄새를 가진 인돌, 치과 소독약 자체인 클로브 버드Clove bud나 클로브의 주성분인 유제놀Eugenol 등이 그러하다. 단독으로 맡을 때는 코를 찡그리고 "으엑!"을 외치게 되는 냄새지만, 적정 농도로 활용하면 향수의 향기를 더 고급스럽고 복합적으로 그리고 관능적으로 만들 수 있다.

　　병균을 옮기며 생긴 것까지 혐오스러운 바 선생이 지구에서 의외의 역할을 하는 것처럼, 정말 싫은 냄새를 가졌지만 향수에서 의외의 고급스러움을 만드는 향료가 있다. 무엇이든 쓸모없는 것은 없다. 하지만 바 선생을 받아들일 수는 없을 것 같다. 내가 허용할 수 있는 최대치는 향수에 모두 투자했으니까.

르 라보(LE LABO)

라다넘 18 오 드 퍼퓸(Labdanum 18 EDP)

출시	2006년
조향사	모리스 루셀(Maurice Roucel)
노트	라다넘, 머스크, 거전발삼, 파출리, 바닐라, 캐스토리움, 시벳, 시나몬, 산사나무꽃, 통카빈, 자작나무

서른여덟 번째 노트
향수를 손목에 뿌린 다음

'습관'에 대해 국어사전에서 찾아보면 "어떤 행위를 오랫동안 되풀이하는 과정에서 저절로 익혀진 행동 방식. 학습된 행위가 되풀이되어 생기는 비교적 고정된 반응 양식"이라고 한다. 그러니까 습관이란 반복되는 과정을 통해 고정적으로 반응하게 되는 양식이다. 최근 들어 나도 모르는 습관이 있다는 것을 알게 되었는데, 바로 쓰레기통을 쓰면서 알게 되었다.

사무실에서는 터치형 쓰레기통을 쓰고, 집에서는 센서형 쓰레기통을 쓴다. 습관이랄 것도 없을 것 같지만, 집에서 센서형 쓰레기통을 쓰다가 사무실에 출근해서는 쓰레기통 위에서 손을 휘적거리며 '왜 안 열리지?' 하며 나도 모르게 생각하고 기다릴 때가 있다(그것도 상당히 자주).

반대의 경우도 마찬가지다. 사무실에서 얼마나 있었다고, 퇴근 후 집에 도착해선 쓰레기통의 센서 부분을 꾹 누르며 '왜 딸칵 안 하지?' 생각을 하며 고개를 갸웃대거나, 누르려 했던 센서가 손을 인식해 자동으로 뚜껑이 열리면 나도 모르게 화들짝 놀랄 때가 있다.

정말 습관이 무섭다 느꼈던 일이 또 있다. "네 것도 아닌데 왜 그래요?"에 등장했던, 전 직장 후배인 슬기 때문이다. 슬기는 신입 때부터 서로 마음을 나눴던 후배였고 내 마음의 쉼터를 가장 많이, 자주 이용하던 친구였다. 슬기와의 만남은 내가 퇴사하고 난 이후에도 여전히 이어지고 있는데, 슬기는 나를 신입 때부터 부르던 호칭인 '부장님'으로 계속 불렀다. 퇴사한 지 육 년이 지났고, 이제는 슬기가 퇴사 시절 내 직급을 달고 있음에도 여전히 나를 부장님이라 불렀다.

어느 날 여느 때와 같이 만나 맛있는 것을 먹고, 그동안 쌓였던 이야기를 나누며 한참을 떠들다가 헤어질 시간이 되었다. 그런데 갑자기 슬기가 말을

향수를 손목에 뿌린 다음

걸었다. "부장님, 하고 싶은 말 있는데요. 해도 돼요?"
갑자기 진지하게 건네는 질문이 대체 뭘까 싶었더니,
그가 하고 싶었던 말은 "언니라고 불러도 돼요?"였다.
건널목을 건너다가 얼마나 크게 웃었는지.

나의 갑작스러운 웃음에 슬기는 당황하며 왜 웃냐
물었다. 사실 내가 갑작스럽게 웃은 이유는, 슬기를
만나는 바로 그날 오전 쓰레기통 앞에서 습관에 대해
고민했기 때문이다. 회사를 그만둔 지 육 년이
지났는데 이제야 '언니'라고 부르겠다고 하는 걸 보니
습관이 무섭긴 무섭다며 슬기를 배웅했다.

별것 아닌 것 같지만, 습관은 생각보다 많은
부분에 영향을 미친다. 습관적으로 하는 행위에 의미가
없을 수도 있지만, 향수를 뿌릴 때 잘못 들인 습관은
향수의 즐거움을 토막 내 버릴 수 있다.

향수를 손목에 뿌리고 비비는 것. 향수를 쓰며
많은 사람이 습관적으로 하는 행동 중 하나다. 나는
향수 이용 팁에 관해 말할 때 "뿌리고 싶은 곳에
마음껏 뿌리세요"라고 말하는 편이지만, 절대 하지
말라고 말하는 행동이 바로 비비는 것이다.

서른여덟 번째 노트   236

향수는 열에 약하다. 아니, 특정 향료가 열에
약하다고 표현하는 것이 맞겠다. 특히 시트러스 계열
향료는 열에 굉장히 취약하다. 손목에 향수를 뿌리고
비비면 체온보다 높은 마찰열이 생기며 향에 영향을
미칠 수 있다.

열에 강하고 분자의 무게가 무거운 향료는
상대적으로 영향을 덜 받겠지만, 당신이 쓰는 대부분의
향수는 열에 약하다. 게다가 향료 분자의 무게가
한없이 가벼운 아이부터, 무거운 아이까지 다양하게
섞여 있다. 전체적인 향의 느낌이 묵직하더라도, 향수를
뿌리고 손목을 비비는 아주 사소한 습관에 의해서도
열에 취약한 노트라면 그 형태를 잃을 수 있다.

"뿌리고 비비지 마세요."
말을 듣자마자 향수를 비비고
"아, 맞다!! 비비지 말랬는데! 어머!"

물론 "비비는 습관을 고치지 않으면 당신은 영원히
향수를 쓸 수 없어요!"라는 뜻은 절대 아니다. 다만

향수를 손목에 뿌린 다음   237

향수가 가진 고유의 향을 잘 느끼기 위해서는, 아주 사소하지만 큰 노력이 필요하다는 뜻이다. 습관적으로 손목을 비비는 습관을 버리기 어렵다면, 아예 향수를 뿌리는 부위를 바꿔 보는 것도 하나의 방법이다.

영국의 니치 향수 브랜드 '로자 도브Roja Dove'의 창립자이자 조향사인 로자 도브는 향수를 뿌리는 부위로 쇄골과 어깨 라인을 추천했다. 오랫동안 향을 느낄 수 있는 부위이면서 동시에 외부로부터 오염될 가능성이 적은 부위이기 때문이다(어깨 라인이라 하면 겨드랑이에 뿌려도 될까? 제발 이 생각은 접어 두길 바란다).

사소한 습관은 향에 큰 영향을 미치기도 하고 그렇지 않기도 하다. 당신의 현명하고 즐거운 향수 습관을 응원한다.

서른여덟 번째 노트

아틀리에 코롱(Atelier Cologne)

세드라 애니블랑 코롱(Cédrat Enivrant Cologne)

출시	2013년
조향사	랄프 슈비거(Ralf Schwieger)
탑 노트	시트론, 베르가못, 라임
미들 노트	바질, 민트, 주니퍼베리
베이스 노트	베티버, 통카빈, 엘레미레진

서른아홉 번째 노트
평화롭고 물리적인 해결책

세상에서 건강을 제일 중요하게 생각하셨지만, 술은
절대 끊지 못하시던 할아버지는 무려 4대 독자였다.
누구에게 다행인지는 모르지만, 아주 다행히도
할머니는 '3남' 1녀를 출산하셨고, 대를 잇는 걱정은
전혀 하시지 않았으리라. 하지만 다음 세대가 문제였다.

할아버지와 할머니는 자식 넷에게서 일곱의
손자, 손녀를 보셨는데 그중 손자는 겨우 두 명밖에
되지 않았다. 첫째인 고모는 딸 둘, 둘째인 큰아빠도
딸 둘, 셋째인 둘째 큰아빠는 아들 둘 그리고 막내인
우리 아빠는 딸 하나. 아들의 비율이 절대적으로
높았던 할아버지, 할머니 세대와 달리 부모님 세대는
딸의 비율이 압도적이었다.

할아버지의 첫 번째 손자인 재훈이는 나보다 일 년 늦게 태어났는데 나이 차이가 가장 적은 사촌이라 자주 함께 놀고는 했다. 할아버지는 이 첫 번째 손자를 무지막지하게 아끼셨는데 말끝마다 "우리 장손, 우리 장손"을 붙이실 정도였다. 그렇다고 다른 손자, 손녀를 차별하시진 않았기에 할아버지에게 나쁜 감정은 없었지만, 말끝마다 붙는 "우리 장손"이라는 말은 재훈이의 어깨에 풍선처럼 큰 뽕(?)을 달게 했다.

어릴 때 기억을 살펴보면, 딸이 많아서 그런지 몰라도 성별에 따른 차별은 별로 없던 환경이었다. 할아버지, 할머니도 그러셨고 명절 땐 오히려 남자가 주도적으로 음식을 준비했으니 말이다.

하지만 할아버지나 큰아빠의 "너는 장손이니까"로 시작되는 말은 재훈이에게 말도 안 되는 환상을 심어 줬던 게 분명하다. 재훈이 동생 재민이까지 셋이 함께 놀 때가 많았는데, 같이 놀다가도 "나는 장손이니까!"라는 말을 하며 우위를 선점하려 한다든가, 자신에게 유리한 일만 한다든가 하는 등의 부작용 아닌 부작용이 생기기 시작했다.

평화롭고 물리적인 해결책　　　　　　　241

물론 어른들은 재훈이의 행동을 알지 못했지만,
초등학교도 들어가기 전 어릴 때 내가 생각해도
뭔가 잘못되었다는 건 알았다(바보에 가까운
순딩이었지, 완전 바보는 아니었다). 그래서 내가 택한
방법은 대화나 설득이 아니라 평화롭고 '물리적인'
방법이었다. 나, 재훈이, 재민이 이렇게 셋이서 놀다가
재훈이가 "나는 장손이니까!"라는 말을 할 때마다
재훈이의 목덜미를 잡아 문 뒤로 끌고 갔고, 그 문
뒤에서 일어난 일은 아주 평화롭고 물리적인 해결
방법이었다고 말할 수 있다.

처음부터 물리적인 해결 방법을 선택한 것은
아니었다. 이미 어깨에 한가득 뽕이 들어가 있는
재훈이에게 대화가 잘 통하지 않았기 때문에 어쩔 수
없는 선택이었다.

나는 재훈이의 상태를 "장손병에 걸렸다"라
명명했고, 장손병에는 매가 특효라는 것도 알게
되었다(물론 이 특효약은 내가 재훈이보다 키도 크고,
힘도 더 셌을 때만 가능했다).

평화롭고 물리적인 방법은 생각보다 효과가 컸다.

이 효과적인 해결 방법이 반복됨에 따라 재훈이의
장손병은 점점 사라져 갔고, 어느 순간부터 그 입에서
"나는 장손이니까"라는 말은 나오지 않게 되었다.
한동안 어른들도 장손에 대한 것을 언급하지 않게
되었다.

그렇게 우리 세대 모두가 성인이 되고 명절에나
한두 번씩 얼굴을 보게 되었을 때였다. 식사하고
다 같이 상을 치우다가 내가 상을 닦기 위해 행주를
잡았을 때, 장손병이 완벽하게 고쳐진 재훈이가
"누나. 내가 할게"라며 행주를 가져가려고 했다.
그걸 본 큰아빠는 "재훈이, 남자가 뭘 그런 걸 하노.
됐다. 하지 마라"라고 말하셨고, 나는 "그래. 내가
할게"가 아니라, 어른들 앞에서 재훈이에게 행주를
던지며 "닦아"라고 말했다(큰아빠는 황당한 표정을
지으셨고, 우리 아빠는 낄낄 웃으며 잘한다고 하셨다.
아들 둘 낳은 둘째 큰아빠는 아무 말도 안 하시는데,
딸만 둘인 분이 그런 말씀을 하다니!).

스스로를 "사람이 되었다"고 표현하는 재훈이는
생글생글 웃으며 "아이, 이런 건 남자가 해야죠!" 하며 싹싹하게 상을 닦았다. 나의 행동은 어른들 앞에서 다소 버릇없는 행동일 수도 있었으나 그때 나의 선택은 옳았고, 몇 번이고 같은 상황이 오더라도 나는 그때와 똑같은 선택을 할 것이다.

우리가 모두 어른이 되고 각자의 배우자를 만나 결혼을 한 지금도 나는 가끔 그때 이야기를 한다. 나는 재훈이에게 "넌 내 덕에 장손병 고치고 사람 된 거야"라고 말하고, 재훈이는 "알지. 장손병 못 고쳤으면 결혼하질 못했지"라고 말한다(재훈이의 결혼식 날, 처음 만나는 올케에게 나는 재훈이의 장손병은 모두 고쳐 놨지만, 혹시나 재발의 조짐이 보인다면 매가 답이라는 진심 어린 조언을 해 주며 결혼을 축하했다).

평화롭고 물리적인 방법이 효과적이지만, 모두에게 항상 통하는 것은 아니다. 하지만 때론 이것만큼 효과적인 방법도 없다. 그 대상 중 하나는 향수다. 모든 무생물에는 통하지 않는다 말하고 싶지만, 기계엔 물리적 방법이 통하기도 하니까.

향수를 뿌리다 보면 향조나 기능상 이슈로 불만 아닌 불만을 토로하는 사람이 있다. 나 역시 수많은

향수를 쓰면서 아쉬운 점을 느꼈던 경우가 한두 번이
아니었다. "꼭 이 노트가 들어가야 했을까?", "지속력을
좀 좋게 만들 순 없었을까?", "발향이 왜 안 되지?",
"왜 이렇게 확산이 안 되지?" 등등. 하지만 어느
순간부터 '내 맘에 들진 않지만 조향사의 의도겠지'라고
생각하게 되었다.

　　당신에게 거슬리고 싫은 향조가
　　조향사의 의도로 넣은 핵심 노트일지도,
　　아쉬운 지속력이나 확산력은
　　온전한 향을 제대로 느끼도록 하는 무게감과
　　발향력일지도.

　　모든 향수가 당신 취향에 완벽하게 맞을 수는
없다. 그렇다고 아쉬움이 남는 향수에 물리적인
방법을 쓸 수도 없을뿐더러, 쓴다 해도 소용없다는
것을 우린 잘 알고 있다. 이런 아쉬움을 종결시킬 수
있는 마법의 말이 있다. "내 취향이 아닐지언정,
이건 조향사가 의도한 향이야"라고 생각하는 것이다.

손댈 수 없는 것에 대해 당신은 너무 고민하지 않았음 한다. 평온한 대화로도, 평화롭고 물리적인 방법으로도 해결이 안 되는 것은 포기하고 그러려니 해야 한다.

레짐 데 플뢰르(Régime des Fleurs)

라-바스 오 드 퍼퓸(LÀ-BAS EDP)

출시	2021년
조향사	도미니크 로피옹
	(Dominique Ropion)
노트	불가리안로즈, 터키쉬로즈,
	캐스토리움, 가죽, 파출리, 이끼

마흔 번째 노트
정답은 없지만 오답은 있어요

책에서 어린 시절의 나를 너무 바보 취급했던 거
같지만, 겁 많은 바보였음은 분명하다. 한번은 낮에
혼자 집에 있을 때 집에 참새가 들어온 적이 있었다.
출구를 찾기 위해 파닥거리는 참새를 보고 엉엉
울면서, 직장에 계신 아빠에게 전화해 집에 참새가
들어왔다고 세상 서럽게 울었던 적도 있었다. 지금
생각하면 비둘기도 아니고, 참새가 뭐 그리 무섭다고
그랬을까 싶지만 아직도 그날의 기억이 선명하다.

딸이 전화로 대성통곡을 하며 집에 참새가
들어왔다니 아빠는 굉장히 당황하셨고, 집 문을 열고
"참새구이 해 버린다!"라고 소리쳐 새를 쫓아내라
말씀하셨다. 눈물, 콧물 흘리며 참새구이 해 버릴

거라고 소리치던 나의 모습은 지금 생각해도 아찔하다. 다행히도 참새는 무사히 집을 나갔고, 같은 일이 또 발생해도 울지 않고 잘 쫓아낼 수 있었다(그런데 참새가 대체 어떻게 집에 들어왔는지는 지금도 미스터리다).

어린 시절 나를 가장 무섭게 했던 말 중 하나는 "배꼽에 바람 들어간다"라는 말이었다. 어릴 때부터 잠버릇이 고약해 여기저기 굴러다니며 잤는데(아침엔 책상 밑에서 기어 나온 적도 있었다), 엄마는 한여름에도 배에 이불을 덮어 주며 배를 내놓고 자면 "배꼽에 바람 들어간다"고 말씀하셨다. 누가 들어도 배가 차가워진다는 은유적 표현이었지만 당시의 나는 은유의 '은'도 모르는 순박한 바보였다.

당시 내가 이해한 "배꼽에 바람 들어간다"라는 표현은, 배에 이불을 덮지 않으면 배꼽으로 바람이 들어가 배가 터져 죽을 수 있다는 의미였다. 그렇게 난 밤에 굴러다니다가 이불을 걷어차서 배가 노출되는 것을 극도로 무서워했고, 아예 이불 커버 안에 들어가면 배꼽도 무사하지 않을까 생각했던 적이 있었다(물론 엄마한테 이불 커버 속에 들어가 자면 안 되냐 물어봤다가 아주 깔끔하게 기각당했지만).

    '배꼽 공포증'으로 인해 생긴 습관은 지금까지도
이어져 오고 있다. 한여름에 아무리 더워도 배는
꼭 덮고 자기 때문이다. 배가 차가워져 배탈이 날 순
있어도 배를 내놓고 잔다고 죽는 건 절대 아니다.
사실 이미 클 만큼 다 컸으니 배를 내놓고 자도
별문제는 없다.

    내가 배꼽에 바람이 들어가면 죽는 줄 알았던
것처럼, 향수를 쓰며 '이렇게 하면 절대 안 돼'
혹은 '이렇게 안 하면 안 돼'라고 생각하며 향수를
쓰는 사람도 분명 있다. 내 생각에 향수를 뿌리며
절대 하면 안 되는 것을 말하자면 이렇다.

    용도 외의 목적으로 사용하지 마세요.
    마시지 마세요.
    얼굴에 뿌리지 마세요.
    그리고…

이는 전적으로 당신의 안전을 지키기 위해서다.

향수는 고농도 알코올과 다양한 향료를 섞어 만든다. 여기서 중요한 것은 고농도 알코올이다. 물론 향료로 인해 알레르기 반응이 생기기도 하지만 모든 사람에게 나타나는 것은 아니니 일반화할 수는 없다. 하지만 고농도 알코올을 마시거나 얼굴에 뿌릴 땐 돌이킬 수 없는 결과를 초래할 수도 있다. 그 예시를 들자면 로션에 향수를 섞어 바르는 행위다.

여기에 굳이 하나를 더 추가하자면 '직사광선이나 조명이 닿는 곳에 향수를 보관하지 말 것'이다. 앞에서 이야기했듯이 향수는 열에 굉장히 취약하다. 햇빛에도, 예쁘게 꾸며 놓은 매장 조명의 열에도 향수는 쉽게 변할 수 있다. 요즘 백화점 향수 매장에서는 발열이 적은 조명이나 간접조명을 쓰는 것으로 보이지만 그렇지 않은 곳도 있다.

얼마 전 시트러스 계열이 유명한 향수 브랜드 매장에서 시향을 했는데, 향의 느낌이 이상해서 병을 만져 보니 바닥 조명으로 인해 병이 따뜻했다. 따뜻한 향수병이라니! 그것도 시트러스가 메인인 향수인데 (그때의 충격이란)! 생각보다 조명의 열기는 뜨겁다.

향수병을 예쁘게 보여 주기 위해 조명은 꼭 필요한 존재이기도 하지만, 향수의 생명을 앗아가는 존재이기도 하다.

드러그스토어나 백화점에서 향수가 조명에 노출되어 있다면, 당신이 시향하는 그 향기가 변향된 상태일 수도 있음을 인지해야 한다. 당연히 구매할 때는 조명 위에 진열한 제품 말고 어둡고 서늘한 창고나 보관장에 있는 향수를 구매해야 한다.

당신의 안전 그리고 온전한 향수를 즐기기 위한 네 가지 사항을 제외하고 '향수를 쓸 때 무조건 해야 한다' 혹은 '하지 말아야 한다'라는 것은 없다. 향수를 뿌리는 부위도 정답은 없다(그렇다고 겨드랑이나 오금처럼 피부가 접혀 땀이 잘 나는 부위에 뿌릴 생각은 참아 줬음 한다. 겨드랑이 냄새가 걱정이라면 데오도란트를 써야 한다. 향수의 문제가 아니다).

당신에게 맞는 방법으로 향수를 현명하게 즐기면 그게 바로 완벽한 정답이다. 너무 어렵게 생각하지 말자.

밀러 해리스(Miller Harris)

티 토니끄 오 드 퍼퓸(Tea Tonique EDP)

출시	2015년
조향사	매튜 나르딘(Mathieu Nardin)
탑 노트	베르가못, 레몬, 페티그레인
미들 노트	찻잎, 넛맥
베이스 노트	마테, 자작나무, 머스크

마흔한 번째 노트
토르티야의 내용물이 부실한 이유

나는 '빵순이'다. 밀가루 음식을 먹으면 정말 몸이
땡땡하게 붓기에 안 먹는 게 가장 좋지만 어디 그게
쉬운 일인가(쉬웠다면 술부터 끊었겠지). 취향이
확고해서 맛과 식감을 나름대로 아주 깐깐하게 따지는
편이기도 하다.

밀가루 음식 중 좋아하는 것 중 하나는 부리토다.
편하게 먹을 수 있어 식사나 간식으로 먹기에 좋기
때문이다. 그래서 뭔가 가볍게 먹고 싶을 때
샌드위치보다 선택하는 것이 부리토인데, 항상
먹으면서도 어딘가 만족스럽지 않은 이유가 있었다.
속 재료가 너무 부실하기 때문이었다.

'속 좀 덜 넣는다고 단가 차이가 크게 나나?',

'왜 이렇게 속을 부실하게 넣어 놨지?', '다양한 재료가 주는 맛과 식감이 부리토 매력 아닌가?' 이렇게 꿍얼거리며 심각하게 속 재료를 분석하지만, 판매하는 부리토 중에서 마음에 드는 속 재료를 만난 적은 없는 것 같다.

이쯤에서 먹는 것에 대한 내 취향에 대해 더 말하자면, 나는 무엇이 되었든 속이 가득가득 찬 것을 좋아한다. 특히 만두. 명절 때 시할머니 댁에서 만두를 빚으면 내가 빚은 만두는 누가 봐도 '혜은이가 만든 것'임을 알 수 있다. 누가 빚은 만두에 비해 적어도 두 배 이상 크기 때문이다. 그렇다고 나 혼자만 큰 만두피를 쓰는 건 아니다. 똑같이 뗀 만두피 반죽을 속이 비칠 정도로 늘릴 수 있을 만큼 늘려 빚을 뿐이다(밀가루 음식을 좋아하지만 만두피가 두꺼운 건 참을 수 없다. 만두 속 없이 피만 씹을 때의 그 기분이란).

아무튼 이 정도로 나는 속이 튼실하게 꽉꽉 찬 음식을 좋아한다. 이런 취향을 가진 내가 시중에서 파는 부리토를 먹을 때마다 표정이 부루퉁해지는 것은 어쩔 수 없다.

결국 부리토를 직접 만들어 먹자 선택했고, 나는 넣고 싶은 속 재료를 골라 한가득 장을 봤다.

살짝 구운 토르티야를 접시에 올리고 그 위에 재료를 하나하나씩 올리다 보니 '이거 잘 말아지려나?' 생각이 들기 시작했다. 재료를 올리면서 '망한 거 같은데' 싶으면서도 혹시나 하는 마음에 토르티야를 살살 말기 시작했다.

결과는? 처참했다. 속 재료가 튀어나오기 시작했고 토르티야가 찢어져 버렸다. 결국 포크와 나이프를 들고 토르티야와 속 재료를 썰어 먹어야만 했다. '많이 안 들어간 거 같은데 내가 생각한 그림하고는 너무 다르네?' 먹으면서도 구시렁댔음은 말할 것도 없다.

다 먹은 접시를 설거지하다가 문득 이런 생각이 떠올랐다. '그동안 식당이나 카페에서 내가 먹었던 부리토엔 다 그만한 이유가 있었던 게 아닐까?', '정말 원가를 낮추기 위해서였을 수도 있지만, 속 재료가 어느 이상 들어가면 제대로 말리지 않으니 딱 적당한 양을 넣었던 것이 아닐까?' 생각을 하다 보니 그럴 만한 이유 혹은 그럴 수밖에 없었던 이유에 대해 꼬리에 꼬리를 물고 생각하게 되었다. 언제나 그랬듯 그 꼬리는 당연히 향수로 귀결되었다.

내가 생각하는 '재미' 요소가 아닌 '이 향기가 조금 더 존재감이 강했음 어땠을까?', '이 노트는 조금 나중에 나와도 좋지 않았을까?' 생각하면서 결국엔 '그럴 수밖에 없던 게 아닐까?'라는 생각이 들었다.

향의 조합은 생각보다 오묘해서 '1+1은 2'라는 공식이 절대적으로 통하지 않는다. 향료 분자의 무게, 들어간 양, 다른 향료와의 시너지 혹은 상극인 향료와의 조합 등 다양한 요소가 모여 향기를 만들어 내기 때문이다.

향수를 만들 때 당연히 조향사의 취향도 들어가겠지만, 지금 당신이 맡는 향수는 수많은 실험을 통해 조향사가 의도하고자 한 '최적의 상태'로 도출된 결과물이다. 앞에서 이야기했던 것처럼 내 취향이 아닐지언정 조향사가 의도한 향이라는 것이다. 부리토를 먹다가 깨달음을 얻을 정도로, 이 간단한 사실을 이해하고 인지함이 왜 이렇게 어려운 것인지 (사실 깨달음이라 표현하는 게 맞는지도 모르겠다).

토르티야의 내용물이 부실한 이유

간단하고 당연한 것도 깨달음이라고 포장하는
나를 위해, 혹은 알고 있었음에도 아쉬움을 토로하는
나를 위해 변명 아닌 변명을 하자면 향수는 그야말로
'취향'이기 때문이다. 당신이 선호하는 향기, 스타일이
더 우선이기 때문에 그 외의 것은 우선순위에서 밀려날
수밖에 없다.

　　당신이 마음에 들지 않는 향수, 아쉬움이 남는
향수를 만났다면 아쉬움과 불만을 토로하기 전에 이
문장을 외워 보자.

　　"내 취향은 아니지만
　　이게 조향사의 의도겠지."

　　갑자기 그 향수가 좋아지는 마법 같은 일이 생기진
않겠지만, 아쉬움을 조금은 달랠 수 있지 않을까.

메종 프란시스 커정(Maison Francis Kurkdjian)

아 라 로즈 오 드 퍼퓸(À la rose EDP)

출시	2014년
조향사	프란시스 커정(Francis Kurkdjian)
탑 노트	스위트피, 베르가못, 오렌지
미들 노트	불가리안로즈, 센티폴리아로즈, 목련, 바이올렛
베이스 노트	머스크, 시더우드

마흔두 번째 노트
길이 막힐 땐

이 '노트'를 시작하기 전 우리 부부의 성향을
설명하자면, 여행을 가거나 어디론가 놀러 갈 때 계획을
세우지 않는 편이다.

해외를 가서도 발길 닿는 대로 목적지 없이 걷다가
현지인이 줄 서 있는 곳에서 뭔지도 모르고 음식을 사
먹기도 하고, 관광객이라고는 한 명도 없을 것 같은
골목골목을 돌아다니다 눈에 보이는 음식점이나
카페에 들어가기도 한다. 반드시 예약해야 하는 일정이
아니고서는 계획 없이 돌아다니거나, 귀찮을 때는
호텔에서 온종일 뒹굴뒹굴하기도 한다.

이와 비슷한 결인지 정반대의 결인지 모르겠지만,
우리 부부는 식당에서 줄 서서 기다리는 걸 제일

싫어하기도 한다. 약속이 생기면 무조건 식당을
예약하는 편이기도 하고, 만약 식당에 줄이 길어
기다려야 한다면 망설임 없이 다른 식당을 가는
편이다.

얼마 전 날씨가 좋았던 초여름 주말, 우리 부부는
오랜만에 산책을 나가기로 했다. 간만의 산책이라 기분
좋게 룰루랄라 흥얼거리며 손을 잡고, 평소에 다녀
보지 않은 길로만 걸어 다니며 시답잖은 이야기를
중얼거리며 길을 걷다가 우리는 막다른 길에 다다랐다.

길이 산과 맞닿아 더 이상 앞으로 갈 수 없게
되었을 때 남편은 이렇게 말했다. "앞에 길이 없음 어때.
왔던 길도 있는데 뒤돌아 가면 되지. 뒤돌아 가다가
다른 골목으로 들어가도 되는 거고. 그렇지? 가자!"
그날 남편의 말은 나에게 꽤 많은 생각을 하게 했다.

우린 지리적인 길이 아니더라도 "길이
막혔다"라는 말을 많이 한다. 길이 막혀 더 이상
앞으로 갈 수 없을 때, 우리는 왜 왔던 길로 뒤돌아
가는 것을 고려하지 않을까? 뒤돌아 가는 걸 퇴보라고
느끼기 때문일까? 아니면 계획의 틀어짐으로 인한

길이 막힐 땐

혼란스러움이 뒤를 돌아보지 못하게 만드는 것일까?

남편의 말을 듣기 전까지는 나도 길이 막혔을 때 '어떻게 하지?' 생각만 했을 뿐 왔던 길로 뒤돌아 가는 걸 생각도 안 하고 있었음을 알았다.

이 생각을 향수를 쓰면서 향수를 고르는 데 어려움을 겪을 당신에게도 전해 주고 싶다.

항상 새로운 향수, 더 좋은 향수를 찾아야 한다는 압박감을 느낄 필요는 없다. 남과 같은 향수를 쓰고 싶지 않기 때문에, 당신 취향에 딱 맞는 새로운 향수를 찾고 싶은 마음에 밀려 찾은 향수가 기쁨과 즐거움이 아니라 부담이 될 수도 있음을 알았으면 한다.

새로운 것, 더욱 발전한 것, 더 앞서 나간 것에만 시선을 두지 말자. 살면서 뿌렸던 수많은 향수 중에서도 당신의 새로운 돌파구가 될 향수가 있을 수도 있다. 때로는 '구관이 명관'임을 기억하면 좋겠다.

샤넬(CHANEL)

코코 오 드 퍼퓸(COCO EDP)

출시	1984년
조향사	자크 폴쥬(Jacques Polge)
탑 노트	만다린오렌지, 재스민, 프랜지파니, 미모사, 고수
미들 노트	장미, 오렌지꽃, 일랑일랑, 재스민, 아이리스, 클로브, 카스카릴라, 안젤리카
베이스 노트	샌달우드, 라다넘, 벤조인, 오포파낙스, 통카빈, 파츌리, 앰버

마흔세 번째 노트
이 정도 노력은 해야죠

앞에서 말했지만, 나는 결혼 전엔 직장으로 인해
강원도 원주에서 삼 년을 살았다. 당시엔 남자친구였던
남편과 만나기 시작한 지 채 일 년도 되지 않았던
시점이었는데 난데없이 "저 직장 때문에 원주로
가게 되었어요"라는 폭탄 같은 말에도 별말 없이 나의
선택을 존중해 주던 아주 멋진 사람이었다(물론
지금도).

　남편은 인천에 살면서 서울로 출퇴근하던
직장인이었기에 우리는 자연스럽게 장거리 커플이
되었다. 장거리 커플이 볼 수 있는 날은 주말뿐인데,
우리는 함께하는 시간도 중요했지만 각자의 컨디션을
위해 오롯이 쉬어야 하는 시간도 중요하게 생각했고,

각자의 일 역시 중요히 생각해 서로를 존중하는 커플이었다. 그래서인지 자주 만나면 한 달에 두어 번, 오랫동안 만나지 못하면 두어 달에 한 번 정도 볼까 말까였다.

지금도 그렇지만, 우리는 연애 때도 일 년에 한 번 싸울까 말까 한 커플이었다. 하지만 물리적으로 멀어지며 만나는 횟수가 줄어들고, 서로에게 서운함이 먼지처럼 조금씩 쌓이다 덩어리가 되어 굴러다니기 시작했을 때, 우리는 연애 시작 이후 처음 헤어짐을 이야기할 정도로 심각히 싸웠다. 하지만 그 서운함의 덩어리는 서로를 생각하는 마음이 제대로 전달되지 않아 생긴 오해였음을 알고, 우리의 관계는 더욱 견고해지게 되었다. 그렇게 싸운 이후 우리에겐 조그만 변화가 생겼다. 정확히 표현하자면 남편의 변화다.

저녁 7~8시 넘어 퇴근하는 게 기본이고 출장을 비롯해 외근을 밥 먹듯이 했던 나를 위해, 남편은 원주로 자주 내려오기 시작했다. 6시에 퇴근하자마자 강남 고속터미널로 가서 버스를 한 시간 반 타고 원주로 와서 함께 밤을 보내고, 다음 날 아침 첫차를 타고 서울로 출근했다.

하지만 우리가 결혼하기 전까지 남편은 일정이 없는 평일엔 항상 퇴근 후 원주행 버스를 탔다. 무더위로 도로에 아지랑이가 피어오를 때도, 한겨울 펑펑 내린 눈이 쌓여 길이 빙판이 되었을 때도 말이다.

그때 남편은 "제대하고 다시는 강원도 땅 안 밟을 거라 그렇게 다짐했는데, 진짜 자기 아니었으면 강원도 근처에도 안 왔을 거예요"라고 말하며 투정 아닌 투정을 부렸다(한여름에도 따뜻한 물로 샤워하는 사람이 한겨울에 원주 자취방 보일러가 고장 나 찬물로 샤워해야 했을 땐 얼마나 미안하던지).

그렇게 남편이 더 이상 원주로 가지 않게 된 시점은 우리가 결혼해 함께 살게 되었을 때였다. 신혼 때부터 모임에서 "두 분은 어떻게 만나게 되었어요?", "왜 결혼을 결심했어요?" 등의 질문을 받으면 항상 원주에서의 일을 말했고, 사람들은 남편을 보며 "와! 어떻게 그렇게 해요? 대단하다"라며 감탄했다. 이때 남편이 항상 하는 말은 "이 정도 노력은 해야 결혼하는 거예요"였다.

관계란 절대적으로 쌍방향이기에, 한쪽만
열심인들 건강하게 지속할 수 없다. 그런 뜻에서 남편이
연애 시절 노력했던 것만큼, 나도 남편에게 똑같이
노력했고 관계의 지속을 위해 힘썼다. 물론 남편의
노력이 아니었음 우리가 결혼까지 이어질 수 있었을지
생각을 종종 하곤 한다. 결혼이라는 인생의 중대사를
예로 들었지만 "이 정도 노력은 해야죠"라는 말을
향수에도 하고 싶다.

처음 시향한 유명 브랜드 향수가
취향에 이백 퍼센트 맞을 수도 있겠지만,
이런 경우는 흔치 않다.

당신 취향에 '나쁘지 않네' 혹은 '괜찮네' 등의
평가를 받는 향수는 많을 수 있지만, 특별한 바람이나
명확한 취향이 없다면 '나쁘지 않은 향기' 정도에
만족하는 경우도 많다. 만약 당신이 명확하고 세분화된
취향과 바람이 있다면 그만큼의 노력이 필요하다.
퍼즐이 들어맞듯, 당신 마음에 꼭 맞는 향수를 찾으려

이 정도 노력은 해야죠

한다면 그만큼 많은 향수 매장을 찾고, 더 많은 향수를 시향하면서 향을 찾아 끊임없는 여정을 가야 한다.

만약 '당신의 취향이 소나무'라 하더라도, 그때그때 느끼는 향은 다를 수 있으니 이미 아는 향기라도 기회가 있을 때마다 재확인하는 게 좋다. 브랜드의 규모나 유행의 정도처럼 향 외적인 부분을 모두 배제하고 오롯이 향 자체에 집중해 당신이 원하는 향수를 찾아야 한다. 시간을 할애하고, 발품을 파는 것은 기본이고 금전적 투자도 당연히 동반되어야 한다. 하지만 자신이 해야 할 노력을 남에게 미루며 향수를 찾고 싶어 하는 사람을 가끔(생각보다 자주 그리고 많이) 만나곤 한다.

우연과 행운이 겹쳐 별다른 노력 없이도 인생 향수를 만나는 일도 있겠지만. 글쎄, 그 확률이 얼마나 될까? 불확실한 행운과 우연에 기대기엔 당신을 기다리는 향수는 정말 많다.

펜할리곤스(Penhaligon's)

콘스탄티노플 오 드 퍼퓸(CONSTANTINOPLE EDP)

출시	2021년
조향사	크리스토프 레이노 (Christophe Raynaud), 마리 살라마뉴(Marie Salamagne)
탑 노트	핑크페퍼, 소나무, 라벤더
미들 노트	아이리스, 제라늄, 사이프리올
베이스 노트	바닐라, 파츌리, 이끼

마흔네 번째 노트
친절의 순환

중학교 때 참 좋아했던 국어 선생님이 있었다.
질풍노도의 시기를 겪었던 나에게 참 많은
영향을 끼친 선생님이었는데, 어느 날 선생님이
한 이야기는 이십 년이 지난 지금도 기억에 남아
있다. 또 그 이야기는 내 삶의 방향성을 정하는 데
아주 큰 영향을 미쳤다. 그날 이야기의 시작은
잘 생각나지 않지만 무슨 일 때문인지 선생님이
버스 터미널에 간 걸로 시작한다.

"내가 일이 있어서 버스 터미널에 가야 했거든.
도착해서 계단을 올라가고 있는데 어떤 아저씨가
나한테 다가오더라고. 그러면서 자기가 고향에
가는 버스를 타야 하는데 지갑을 잃어버려서 표를

못 끊고 있다고 혹시 만 원만 빌려줄 수 있겠냐고. 고향에 도착해서 꼭 갚겠다 해서 지갑에서 만 원을 꺼내 주고 나는 볼일을 보러 갔어."

선생님의 이야기에 교실은 시끌시끌 저마다 한마디씩 하기 시작했다. "그 사람 뭘 믿고 빌려줘요?", "고향 가서 잠적하면요?", "사기꾼 아니에요?" 등등의 이야기를 들으며 선생님은 계속 이야기를 이어 갔다.

"물론 사기꾼일 수도 있지. 근데 정말 고향에 내려가야 하는데 도움이 필요한 사람일 수도 있잖아. 정말 절박한 사람일 수도 있으니까. 그래서 나는 어차피 돌려받지 못할 걸 알지만 돈을 주고 볼일을 보러 갔어. 그리고 한 시간 정도 지났는데 그 아저씨가 다시 나한테 오더라고. 아까랑 똑같은 말을 하면서 돈을 빌려 달라 하더라. 한 시간 전에 나를 만난 걸 기억하지 못했던 거야. 보통 버스 터미널에서 만나는 사람은 대부분 버스를 타고 어디론가 가는 사람이니까. 다시 만날 일이 없는 사람이어서 그 사람도 그렇게 생각했겠지."

그 순간 교실은 열다섯 살 아이들의 광분한

목소리로 가득 찼다. "경찰에 신고해야죠!", "거봐! 사기꾼이었네!", "그럴 줄 알았다!", "그래서요? 그래서 쌤은 뭐라고 했어요?" 흥분한 우리를 잠재운 건 또 돈을 줬다는 선생님의 말이었다.

"돈을 주면서 이렇게 이야기했어. 지금 제가 이 돈을 아저씨에게 드리는 이유는 아저씨가 불쌍해서도 아니고, 내가 순진하고 멍청해서도 아니라고. 내가 오늘 아저씨에게 어떤 형태로든 도움을 준 것처럼 아저씨도 다음에 도움이 필요한 누군가에게 오늘 제게 받은 친절을 똑같이 베풀라고. 그래서 드리는 돈이라고."

그날 선생님의 이야기는 내 삶의 방향이 되었다. "향수를 손목에 뿌린 다음"에서 말한 것처럼 나는 후배에게 좋은 선배가 되기 위해 노력했고 그게 당연하다고 생각했었다. 그리고 누군가가 그 이유를 물어봤을 때 이렇게 대답했다.

"제가 지금 이 나이를 먹고, 이 자리에 올라오기까진 저 혼자 잘해서 올라온 건 아니잖아요. 분명 저보다 먼저 그 길을 걸어간 누군가의 도움이 있었을 테고, 보이지 않는 여러 도움도 있었을 거예요.
제가 받았던 그 도움을 저도 똑같이 베푸는 게,
조금이라도 먼저 그 길을 걸었던 사람의 역할이라
생각해요. 어른의 역할이잖아요. 모두에게 똑같이 좋은
사람이 되겠다는 생각은 안 해요. 제가 성인군자도
아니고 또 그렇게 되는 걸 바라지도 않고요. 그저 제가
받았던 걸 똑같이 베풀 뿐이에요. 그 도움이 계속
이어진다면야 더 좋고요. 그냥 제 욕심이죠. 어른다운
어른이 되고 싶은?"

아름다움의 영역이지만 유달리 야박함의
영역이라고도 생각되는 향수. 내가 받은 친절을 또
다른 누군가에게 베푸는 어른다운 어른이 되고
싶은 것처럼, 향수에서 내가 받았던 도움과 친절을
베풀고자 시작한 것이 바로 향수 크리에이터 활동이다.

향수에 대한 지식이 하나도 없을 때 향을 설명해
주던 매장 직원의 친절함, 먼저 향수를 써 본 사람의
자세한 리뷰, 이 향수가 잘 어울릴 것 같다고 선물해 준
친구의 마음. 생각해 보면 별거 아닐 수도 있고,
누군가를 위하는 마음보다 온전히 나를 위한 마음으로

한 행동이더라도 내가 그것을 통해 도움을 받았음은 분명하다.

내가 만든 영상 혹은 이 글이 지금 당신에게 작은 도움이 되었다면, 당신 역시 또 다른 누군가에게 작은 친절을 베풀어 주면 참 좋겠다.

할스톤(Halston)

언바운드 오 드 뚜왈렛(Unbound EDT)

출시	2001년
조향사	퍼트리샤 빌로도(Patricia Bilodeau)
탑 노트	베르가못
미들 노트	카네이션, 튜베로즈, 은방울꽃
베이스 노트	앰버, 시더우드

마흔다섯 번째 노트
그냥 개 맘이에요

성향이 무딘 것도 모자라서, 나는 신체적으로도 무딘
편이다. '신체적으로 무디다'의 의미가 여러 가지로
해석되겠지만, 나의 경우는 몸치임과 동시에 피부가
외부 자극에도 별다른 반응을 보이지 않는다(얼마나
몸치인지는 굳이 말하지 않겠다).

  그만큼 피부가 상당히 좋은 편이고 건강한 편인데,
어느 날 갑자기 한쪽 귀의 피부가 갈라지기 시작했다.
코로나19로 인해 한창 마스크를 쓰고 다닐 때,
안 쓰던 마스크 때문인가 싶어 병원에 갔다. 의사
선생님은 원인에 대해 별다른 말도 없이 약만 처방해
줄 뿐이었다. 처방받은 연고를 바르고 며칠이 지나자
귀의 갈라짐은 애초에 없었던 것처럼 말끔하게

사라졌다.

　하지만 시간이 지나 마스크를 더 이상 쓰지 않아도
되었을 어느 시점에 귀가 또 말썽을 부리기 시작했다.
병원에서는 그때와 같은 진단을 해 주며 같은 연고를
처방했다. 왜 마스크도 쓰지 않는데 이렇게 된 건지
묻자 의사 선생님은 이렇게 말했다. "그냥 걔(피부)
맘이에요." 이 한마디가 왜 그리 어이가 없던지.

　몇 년째 가던 단골 병원의 선생님만 아니었다면
'아니, 뭐 이 따위로 이야기하지? 다시는 안 와야지'라고
생각했을지도 모르겠다. 하지만 꽤 오랜 시간 병원을
다니면서, 선생님의 실력이 출중하다는 걸 알았기에
어이는 없었지만 그러려니 하며 귀가했다.

　그 뒤로 증상이 재발해 병원을 갔을 때도 의사
선생님의 말은 똑같았다. "그냥 걔 맘이에요. 그게
특별한 원인이 있어서 습진이 생겼다 말하기엔 어렵고,
그냥 걔 맘이에요. 그렇게 생각하는 게 편해요." 어떻게
보면 굉장히 무책임한 말처럼 느껴질 수도 있겠지만,
나에겐 그 말이 이렇게 들렸다. "습진 원인을
나열하자면 한 사백팔십육 가지 정도가 되거든요?

그중에 정확히 뭐가 원인인지 알 수 없으니까 그냥
치료에 집중하는 게 더 나아요."

"개 맘이에요." 향수를 쓸 때 알레르기로 고민하는
당신에게 해 주고 싶은 말이다. 물론 아주 경증인
경우에만 해당한다. 생명을 위협할 정도의 중증 이상의
알레르기를 앓는다면 해당하지 않는다(향수냐,
건강이냐 둘 중에 하나를 선택해야 한다면 물어볼 것도
없이 당연히 건강이다. 타협이 안 되는 것을 가지고
타협하려는 노력은 굳이 하지 말자). 대부분의
알레르기는 원인을 알 수 없이 나타났다가 사라지기도
하는, 그야말로 종잡을 수 없는 녀석이기 때문이다.
면역력을 포함한 건강 상태, 그날그날의 컨디션 등
다양한 요소에 따라 알레르기는 있다가도 없어지고,
없다가도 생길 수 있다.

"애증의 무화과 그리고 새로운 가능성"에서 말한
것처럼, 나 역시 음식에 알레르기 반응이라고는 모르고
살다가 어느 날 갑자기 무화과에 혀가 마비되기도 했다.
그렇게 일 년 정도가 지난 지금은 무화과를 껍질까지
먹어도 전혀 알레르기 반응이 나타나지 않는다.

내가 겪은 알레르기 반응 중 가장 괴로웠던 것은 꽃가루 알레르기였다. 직장을 다니며 면역력과 체력이 많이 떨어져 있을 때였는데, 눈물과 콧물은 어느 정도 참을 수 있었지만 가장 힘들었던 건 간지럼이었다. 회사 행사 때 꽃다발을 받으면, 곧바로 후배에게 강제 기부했고(꼭 이럴 때 꽃 선물이 많이 들어온다), 집안 행사가 있어 꽃다발을 선물해야 할 때 꽃다발을 차 트렁크에 넣어 놔도 운전석에 앉아서는 몸을 긁을 정도였다.

　　심지어 꽃집을 지나치거나 거리의 살피꽃밭을 지나가면서도 얼마나 간지럼에 괴로웠는지 모른다. 하지만 지금은 괜찮다. 꽃가루에 예민하다 못해 과민했던 시기가 있었나 싶은 정도로 지금은 아무 문제없이 지내고 있다(물론 내 경우다).

　　알레르기를 일으키는 특정 요소를 '콕' 집어 해결할 수 있다면 얼마나 좋으련만. 잘 알다시피 그 일은 쉽지 않다. 병원에서 피검사를 통해 원인을 찾아내기도 하지만 어디 모든 게 그렇게 명명백백하게 밝혀지던가(피검사를 서너 번 받았지만, 그때 원인이

그냥 개 맘이에요

나오지 않으면 '과민성'이라는 진단이 난다. 누가 보면
매우 예민한 사람인 줄 알 것이다).

　　향수도 마찬가지다. 향수의 성분 표기를 보면
'향료'라는 말 뒤에 구체적인 이름이 나온다. 앞에서도
말한 시트랄, 헥실신남알, 하이드록시시트로넬알,
리날룰, 리모넨 등인데 당신이 향수를 쓰다 알레르기
반응이 일어났다면 거기서 어떤 향료가 당신에게
알레르기 반응을 일으키는진 정확히 알 수 없다. 단일
성분으로 알레르기 반응이 생길 수도 있고, 둘 이상의
성분이 원인일 수도 있기 때문이다. 여기에 알레르기를
일으키는 향료가 항상 같으란 법도 없다. 오늘의
용의자가 내일의 용의자일 수도 있고 아닐 수도 있다는
것이다. 그것도 모자라 향료가 용의자란 보장도 없다.
고농도 알코올이 용의자일 수도, 제형을 위해 넣은 또
다른 성분이 용의자일 수도 있다.

　　이렇듯 당신이 향수를 쓰다가 알레르기 반응을
겪는다면 그 용의자는 너무나 다양하다. 하지만 수많은
용의자 중 범인을 특정 지을 수 없는 경우가
대부분이다. 하지만 해결책이 없는 건 아니다.

<u>해결할 수 없는, 검거할 수 없는</u>
<u>원인에 집중하는 것보다</u>
<u>해결책을 찾는 게 더 빠를 수 있다.</u>

향수를 쓰다가 간지럼, 붉은 반점 등 알레르기
반응이 생겼다면? 당신이 가장 먼저 해야 하는 일은
향수 뿌린 부위를 깨끗한 물로 씻어 낸 다음 향수
사용을 중단하는 것이다. 며칠 뿌리지 않는다고 무슨
문제가 생기진 않는다. 좋은 향기를 입는 것보다 건강한
게 훨씬 중요하니까.

어쩌면 당신에게 나타난 알레르기 반응은 건강을
더 신경 쓰라는 향수의 경고일 수 있다. 너무 깊게
생각할 필요는 없지만 그렇다고 무시해도 좋다는 건
아니다. 당신의 떨어진 체력과 면역력을 보충한 다음
향수를 건강하게 쓰길 바란다.

알레르기가 일어나면 일단 "개 맘이에요"를
되뇌어 보자. 평소 잘 쓰던 향수에 갑자기 알레르기
반응을 보인다고 너무 스트레스를 받거나 슬퍼하지
말자. 감정적으로 반응한다고 해결될 문제는 아니니까.

때론 그냥 내려놓는 게 더 좋은 해결책이 될 수도 있다.
향수 자체의 문제일 수도 있고, 그 향수의 문제일 수도
있다.

정확한 원인을 알 수 없는 일에 집중하는 것보다
어떻게 해결하면 좋을지에 집중하는 것이 차라리
효율적이다. 그전에 일단 병원은 가야겠지만.

러쉬(LUSH)

데빌스 나이트캡 오 드 퍼퓸(DEVIL'S NIGHTCAP EDP)

출시	2012년
조향사	마크 콘스탄틴(Mark Constantine), 사이먼 콘스탄틴(Simon Constantine)
탑 노트	이끼, 클라리세이지
미들 노트	일랑일랑, 오렌지꽃
베이스 노트	오크우드

마흔여섯 번째 노트
친구의 학습지가 재미있었던 이유

어릴 때 누구나 한 번쯤 풀어 봤을 학습지. 나도
초등학교 저학년 때 학습지를 풀었던 걸로 기억한다.

저녁 시간 귀가한 엄마는 나에게 학습지 풀 분량을
정해 준 다음에야 씻으러 가셨다.

그렇게 처음엔 집중해 풀던 학습지가 한두 문제를
풀고 나면 어찌나 졸리고 풀기가 싫던지. 눈이 감기기
시작하면서도 혼날 건 무서워 제대로 뜨이지 않는 눈을
부릅뜨며 연필을 고쳐 잡았다. 하지만 연필은 내
의지와는 전혀 상관없이 움직이기 시작한다.

학습지 위에 글자인지 지렁이인지 알 수 없을
정도로 형태를 알 수 없는 낙서가 생기기 시작하면서
나는 결단을 내렸다. '딱 눈만 감고 있다가 엄마 나오는

소리가 들리면 그때 일어나서 풀자!' 여러 번
다짐했지만 어릴 때 나는 좋게 말하면 순둥이, 나쁘게
말하면 어딘가 모자란 애였다.

당연히 엄마 앞에 광경은 책상에 엎드려 잠든 나,
얼마 풀지도 않은 학습지 그리고 손가락 끝에 걸려
떨어지기 직전의 연필이었다. '눈만 잠깐 감고 있자'는
계획은 단 한 번도 성공하지 못했고 엄마에게 혼나기
일쑤였다.

당연히 학습지 풀기를 싫어했던 건 나뿐만이
아니었다. 소꿉친구 중 한 명은 열정적인 어머니로 인해
정말 많은 학습지를 풀어야 했다. 매번 일주일간 쌓아
두고 미루다가 학습지 선생님이 오는 날이 오면 하기
싫음에 몸부림치며 친구의 도움을 받고는 했다. 그런데
그 도움을 주던 한 명이 나였다. 분명 어릴 때 학습지는
너무나 풀기 싫었는데 좀 더 크고 나서 푸는 남의
학습지는 왜 그렇게 재미있던지. 친구의 학습지 풀기를
도와주면서 "생각보다 재미있는데?" 하니, 친구는
"그럼 네가 매일 해 봐"라며 정색했던 게 아직도
생각난다.

지금 생각해 보면 학습지가 여느 문제집처럼 많은 양도 아니었고, 엄청나게 어려운 것도 아니었다. 그저 의무적으로 해야 한다는 것 때문인지 정말 풀기 싫었다. 물론 학습지라는 게 매일 조금씩 풀면서 공부 습관을 잡는 게 목적이겠지만, 의무적으로 뭔가를 해야 한다는 압박감이 주는 부정적 감정은 상당히 컸던 것 같다.

이제 당신은 내가 이제 무슨 얘길 하려는지 감이 오지 않을까? 그러하다. 향수를 뿌리면서 의무감을 느끼지 않으면 좋겠다. 노트, 브랜드, 유명한 향수가 무엇이고 어떻게 써야 하는지 등은 크게 중요하지 않다. 향수에 대해 배우고 더 자세히 알고 싶어 공부하는 것은 좋다. 하지만 의무감을 느끼지 않으면 좋겠다. 의무적으로 배우고 익히려면 즐겁고 행복하던 것도 숙제가 되어 버리기 때문이다.

당신 취향이거나 아니거나. 향수를 이렇게 생각하면 좋겠다. 즐거워지고자 쓰는 향수니까.

에르메스(Hermès)

쥬르 데르메스 오 드 퍼퓸(Jour d'Hermès EDP)

출시	2013년
조향사	장-끌로드 엘레나(Jean-Claude Ellena)
탑 노트	자몽, 레몬, 워터리 노트
미들 노트	화이트플라워, 스위트피, 가드니아
베이스 노트	머스크, 우디 노트

마흔일곱 번째 노트
의도된 어려움

제품이나 서비스를 이용하다 해결되지 않는 문제가
있거나 풀리지 않는 궁금증 때문에 상담원과 통화해야
할 때가 있다. 모든 곳이 다 그런 건 아니지만 간혹
상담원 연결이 하늘의 별을 따는 것처럼 힘들 때가
있다.

그렇게 통화해 '0'을 누르면 상담원이 연결되는데
모든 곳이 그렇진 않다. 요즘은 '챗봇'이라며 채팅으로
상담하는 경우가 많은데, 챗봇이라도 연결이
'극악무도'라 표현하고 싶을 정도로 어려운 곳도 있다.
심지어 상담원 연결 자체가 없는 곳도 있는 게 나에겐
상당히 충격적이었다.

물론 상담원 연결이 어려운 점에 대해서는

이해한다. 상담의 구분 없이, 밑도 끝도 없이 일단
상담원부터 연결하는 것보다는 소비자가 무슨 요구
사항을 가졌는지 파악한 후 연결하는 게 시간도
절약되고 효율적일 테니까. 굳이 상담원 연결까지 하지
않아도 되는 문제일 수도 있으니 말이다.

　　하지만 상담의 효율성을 높이고 싶다면, 적어도
상담원 연결 전까지의 단계가 명확하고 직관적이어야
하는 거 아닐까(그렇지 않습니까?). 챗봇이 제공하는
선택지에 해당하는 게 없으니까 상담원 연결을
하겠다는 것인데 말이다. 또 어렵사리 선택지를
골랐는데 그 선택이 틀렸다면 그에 맞는 반응이 있거나
다른 선택지를 알려 주는 게 맞다고 생각한다. 그런데
왜 무조건 처음으로 돌아가기만 있는 것일까(이럴 거면
전화번호라도 남겨 놓으라고).

　　설마 상담원 연결을 일부러 어렵게 만들어 해결
욕구와 의지를 꺾어 버리겠다는 뜻일까? 이렇게 쳇바퀴
돌 듯 진전이 없는 상황에선 '의도된 어려움'을 느낀다.

　　이렇듯 '의도된 어려움'을 느끼는 곳은 비단 상담원
연결만은 아니다(이제 무슨 이야기가 나올지 당신은

의도된 어려움

알 것이다). 내가 생각하는 가장 어이없고, 이해가 가지 않는 의도적인 어려움은 바로 향수다.

향수엔 죄가 없다. 굳이 찾자면 상술에 죄가 있다. 어렵고 난해한 오트쿠튀르의 하이패션처럼 표현되는 향수를 보면 당신은 아주 높은 진입 장벽을 느낄 수 있겠다. 본질이 아닌 것으로 진입 장벽을 만들고 그들만의 리그를 형성하는 건 내 생각엔 아주 치사하고 옹졸한 행위다. 예전에야 향이 기득권의 전유물이었던 때가 있었지만 그렇게 따지면 안 그런 게 어디 있으랴.

의도적으로 어려움을 만들어 본질을 흐리는 상황에 당신이 고개 숙이지 않음 좋겠다. 꺾이지 않음 좋겠다. 다른 누군가가 만들어 내는 어려움은 진짜 어려움이 아닐 수 있다.

에따 리브르 도랑쥬(Etat Libre d'Orange)

씨크리티온 매니피크 오 드 퍼퓸

(SECRETIONS MAGNIFIQUES EDP)

출시	2006년
조향사	앙투안 리(Antoine Lie)
탑 노트	마린 노트, 소금, 알데하이드
미들 노트	피어코드, 아드레날린어코드, 우유
베이스 노트	붓꽃, 오포파낙스, 샌달우드, 코코넛

마흔여덟 번째 노트
첫 경험의 중요성

무엇이 되었든 첫 경험은 그다음 경험에 매우 큰
영향을 미친다. 단순히 '첫 번째'라서가 아니라 그 첫
번째를 통해 새로운 세계가 열리기 때문이다. 뭔가
굉장히 거창한 것처럼 표현했지만, 단순히 말해서
첫 경험을 어떻게 하나에 따라 그 대상이 더 좋아질
수도, 둘도 없이 싫어질 수도 있다는 것이다(앞에서도
말했지만, 난 참 단순한 편이다).

　　나름 확고한 취향을 가진 빵순이인 내가 요즘 빠진
빵은 스콘이다. 그런데 처음 권유받아 먹어 본 스콘은
그야말로 최악이었다. 최악의 '제곱'이란 표현을 쓰고
싶을 정도로 너무나 맛이 없었다(더 정확한 표현으로는
'맛대가리'가 없었다). 표정 관리가 안 될 정도로, 무슨

맛인지도 알 수 없이 맛없던 스콘은 취향이라는
'디버프'까지 받아 다신 먹고 싶지 않은 '밀가루
덩어리'가 되었다(밀가루 음식을 좋아하지만, 정직하게
뭉친 건 좋아하지 않는다. 두꺼운 만두피나 수제비는
나에게 최악이다).

그때부터 나에게 스콘이란 '밀가루 덩어리' 혹은
'내 돈 주고 사 먹지 않을 무엇', '남이 준다 해도 거절할
무엇'이었다. 스콘을 좋아하는 친구의 입맛을 의심할
정도로 첫 스콘이 나에게 준 충격적인 맛없음은
한동안 스콘의 '스'도 쳐다보지 않게 했다.

그 후, 거절하기 어려운 자리에서 권유받은지라 눈
딱 감고 먹어 본 스콘은? 그야말로 신세계였다. '대체
이게 무슨 빵이지?', '내가 아는 그 스콘이 맞나?', '이게
이렇게 맛있는 빵이었나?' 그랬다. 내가 처음 먹고
분노했던 그것은 스콘이 아니라 그저 밀가루
덩어리였음을 깨달았고, 첫 경험이 얼마나 중요한지도
다시 한 번 곱씹게 되었다. 처음 먹어 본 그 밀가루
덩어리 때문에 여태까지 스콘이 정말 맛없는 빵이라
생각하고 더 먹어 볼 시도조차 하지 않았다니! 그동안

첫 경험의 중요성   293

나는 얼마나 많은 '맛있는 스콘'을 놓쳤을지 새삼
억울하기까지 했다.

당신에게도 나의 스콘 같은 향기가 하나쯤은 있을
거다. 향수의 전체적인 향기일 수도 있고, 향수 속
특정한 향기일 수도 있다. 당신이 처음 맡은 향기가
어떤 향조인지, 취향에 맞는지, 어떤 상황에서
맡았는지, 누구에게 맡았는지 등에 따라서 그 향수에
대한 당신의 첫인상이 결정된다.

지금 당신에게도 다신 맡고 싶지 않은 향수가 있을
테고, 몇 번이고 다시 맡고 싶은 향수가 있을 테다.
하지만 지금 꼴도 보기 싫은 향수라도 나중에 어떻게
달리 느껴질지 모른다. 그러니 너무 미워하고 멀리 두지
않았음 좋겠다.

톰 포드(TOM FORD)

토바코 바닐 오 드 퍼퓸(TOBACCO VANILLE EDP)

출시	2007년
조향사	올리비에 길로틴(Olivier Gillotin)
탑 노트	담뱃잎, 스파이시 노트, 진저
미들 노트	카카오, 통카빈, 담배꽃
베이스 노트	바닐라, 건과일, 우디 노트

마흔아홉 번째 노트
사랑할 수밖에 없는 수고로움

어릴 적 할머니는 비지찌개를 많이 해 주셨다.
돼지고기랑 김치를 듬뿍 넣은 비지찌개만 있어도 다른
반찬 없이 한 끼 뚝딱할 수 있는 아주 좋은 메뉴였다.
할머니가 한 솥 가득 비지찌개를 해 놓으시면 몇 날
며칠이고 식탁에 비지찌개가 올라왔는데 그마저도
좋았다.

　　부산에서 할머니와 함께 살 때는 정말 쉽게 먹을
수 있는 음식이었는데, 직장을 다니면서 혼자 살기
시작한 이후 비지찌개를 먹은 횟수는 손에 꼽을
정도였다. 내 생활 반경 안에 비지찌개를 파는 곳이
없기도 했고, 간혹 있더라도 성에 차지 않았기
때문이다.

근래 들어 비지찌개가 먹고 싶어 식당도 찾아보고, 인터넷에서 검색도 해 보니 파는 비지도 상당히 많았다. 그런데 인터넷에서 비지를 사기엔 뭔가 내키지 않는 느낌적인 느낌이랄까. 내 기준에 아날로그의 감성이 많이 묻은 음식이라 그런지 인터넷으로 비지를 사는 행위는 참 많이 꺼려졌다. 그렇게 비지 '앓이'만 하던 중 시어머니가 콩을 나눠 주셨다. '어머! 아주 절묘한 타이밍!' 감탄하며 콩을 받아 온 그날 저녁, 바로 비지 만들기 작업에 착수했다.

먼저, 밤새 불린 콩의 껍질을 일일이 벗겨 낸다. 빨리 먹고 싶어서 충분히 불리지 않은 콩의 껍질 벗기기는 꽤 손이 많이 가는 작업이었다(좀 더 불렸다고 괜찮긴 했을까). 여튼 껍질을 모두 벗긴 콩을 믹서에 간 후, 끓이면서 김치나 돼지고기 등을 취향에 맞게 넣어 끓였다. 보글보글 끓여서 익을 때까지 내내 휘저어야 바닥에 비지가 눌어붙지 않는다.

할머니가 해 주셨던 비지찌개를 먹을 땐 이렇게 손이 많이 가는지 몰랐는데, 직접 만들어 보니 정성이 아주 많이 들어가는 음식이었다(그냥 비지 사면 쉽다고

사랑할 수밖에 없는 수고로움

당신이 생각했다면 좀 슬플 듯하다).

　문득, 향수 만들기도 비지찌개 같다는 생각이
들었다. 그냥 쓰기만 할 때는 몰랐는데 이렇게 손이
많이 가는 줄 몰랐다. 소비자 입장일 때야 그걸 알
필요도 없었지만 조향하고, 병을 만들고, 공장을 찾아
샘플을 뽑고, 향수를 담을 패키지 디자인까지 쉽게
끝나는 게 없었다. 많은 일이 그렇겠지만 완성에
수고로움이 커질수록 애착은 더 커지는 게 아닐까
싶다. 향수 고르는 것도 그러하다.

　당신이 보물 같은 향수를 찾는 수고로움을
사랑했으면 좋겠다. 그 수고로움이 향수에 대한 당신의
애착을 더 크게 만들겠지만, 시간이 지날수록 보석
같은 향수를 찾아내는 수고로움 자체를 더 사랑하게
될 것이다. 내가 맛있는 비지찌개를 먹기 위한 과정
자체를 좋아하는 것처럼.

에센셜 퍼퓸(Essential Parfums)

디바인 바닐 오 드 퍼퓸(Devine Vanille EDP)

출시	2019년
조향사	올리비에 페슈(Olivier Pescheux)
탑 노트	클라리세이지, 시나몬, 블랙페퍼
미들 노트	오스만투스
베이스 노트	인센스, 바닐라, 통카빈, 벤조인, 파출리, 시더우드, 머스크

쉰 번째 노트
해피 아워와 크레이지 아워

많은 호텔 카페나 바에서는 해피 아워Happy hour를
운영한다. 손님이 적은 시간대에 음료나 술, 간식이나
간단한 음식 등을 저렴히 혹은 무료 제공하는
시간이다. 호텔에 해피 아워가 있다면 운전에는
크레이지 아워Crazy hour가 있다. 이건 내 경험만으로
만든 단어다. 말 그대로 이상하게 운전하는
사람(정확히는 미친놈)이 유독 많은 시간대를 뜻한다.
　　과속에 꼬리 물기는 기본이고 차선 침범에 난폭
운전, 신호 위반에도 아주 당당한 사람들의 끔찍한
시간, 정상적으로 운전하는 내가 신호를 잘못 봤나
싶어 신호등을 한 번 더 보게 만드는 시간인 크레이지
아워에 휩쓸리지 않으려면 '정신줄'을 단단히 잡아야

한다. 중심을 잃고 크레이지 아워에 휩쓸리는 순간 땅을 치고 후회하게 될 상황이 오게 된다. 고작 삼십 초 빨리 가겠다고 앞차를 따라가다간 벌점에다 벌금 혹은 인생 삼십 년이 없어질 수도 있다(어차피 다음 신호나 건널목에서 다 만나게 된다).

향수에도 크레이지 아워가 있다. 분별력이 유독 떨어지며 충동이 강해지는 시간대다. 주기적으로 나타나는 건 아니지만 잊을 만하면 "이제 크레이지 아워가 시작됩니다!"라는 외침이 들릴 것 같은 시간대 말이다.

온라인에서든 오프라인에서든 어디선가 봤던 향수가 문득 머리를 스치고 지나가면서, 시향도 안 했고, 제대로 조사도 안 했건만 '어머, 이건 당장 사야 해!'라는 마음이 들면 자신도 모르게 장바구니에 담아 구매를 누르는 순간이 바로 크레이지 아워의 피크다. 그렇게 주문한 향수가 배송되기 전까지는 자신이 크레이지 아워에 휩쓸렸음을 절대 알 수 없다.

그렇게 향수가 도착해 시향을 한 그 순간, 상상하고 기대했던 향도 아니고 취향에도 맞지 않는데

완성도까지 떨어지는, 아니면 상술이 전부인 향수를
만났을 때가 와서야 자신이 크레이지 아워에 휩쓸려
이성을 잃었음을 알 수 있다. 하지만 이미 개봉해 버려
환불과 교환은 불가능. 그렇게 눈물을 머금고
중고나라에 올리지만, 크레이지 아워 딱지가 붙은
향수는 또 안 팔리기까지 한다.

　한 번도 만나지 못한 향수를 충분한 고민 없이
장바구니에 담는 순간, 당신의 크레이지 아워는 이미
시작이다.

티파니앤코(Tiffany & Co.)

티파니앤코 오 드 퍼퓸(Tiffany & Co. EDP)

출시	2017년
조향사	다니엘라 앤드리어(Daniela Andrier)
탑 노트	그린만다린오렌지
미들 노트	붓꽃
베이스 노트	머스크, 파출리

쉰한 번째 노트
남국의 열정

나름 단골이라 할 수 있는 합정역 근처 오래된 바가
있다. 그 바의 칵테일 중 나의 '최애'는 바로 '모스코
뮬'이다. 센트위키의 첫 향수인 '오팔린 그린 28 퍼퓸'의
모티프가 된 칵테일이기도 하다. .

   얼마 전, 지방에서 올라온 손님과 함께 그 바를
찾았다. 나의 최애와 함께 남편의 권유로 '남국의
열정'이란 칵테일도 주문했다.

   남국의 열정은 각기 다른 세 가지 색이 섞이지
않고 구분된 칵테일인데, 사장님이 서빙할 때
손전등을 가지고 칵테일의 예쁨을 충분히 즐기게
하는 재미와 먹는 재미까지 모두 느낄 수 있는
칵테일이다. 아쉽지만 한 번 섞고 나면 아름답게

느껴지던 그 색을 다시 느낄 수 없다.

그렇게 남국의 열정을 마시면서, 모든 것에 각각의 예쁨이 있지만 그 예쁨이 한자리에 모인다고 꼭 예쁘다는 보장은 할 수 없다는 생각이 문득 들었다 (물론 맛은 아주 좋다).

이제 '향수도 그러하다'의 마지막 '노트'다. 남국의 열정처럼 향기도 한데 섞이기 전 각자 아름다움이 있어도, 막상 모였을 때 그 아름다움이 배가 된다거나 유지되리라는 보장은 없다.

물론 반대의 경우도 있다. 싫어하거나 꺼리는 향기만 들었음에도 마음에 쏙 드는 향수를 만나기도 한다. 어느 쪽이든 기대와 예상은 뒤집힌다.

대부분의 향수 브랜드에서 공개하는 탑·미들·베이스 노트에는 메인 노트이자 어떤 향인지 바로 알 수 있는 향만이 공개된다. 조금 바꿔 말하면, 향수 포뮬러에서 아주 중요한 역할을 하지만 대부분이 잘 이해하지 못하는 향이면 공개되지 않는 경우도 자주 있다는 뜻이다. 머세논, 하바놀라이드, 에틸렌브라실레이트 등 각 향료의 이름이 아닌

'머스크'로 뭉뚱그려 표현하는 경우가 그러하다. 또한
향수에서 '아는 향기'를 기대하는 경우도 많다.
실제로는 그 향기가 아닌데 특정 제품에서 경험한 향이
실제 향기라 생각하는 식이다.

　　무엇보다 향수에서 기대와 예상이 뒤집히는
가장 큰 이유는 텍스트만으로 어떤 향기가 얼마나
들어갔는지 알 수 없기 때문이다. 그렇게 텍스트로
예상하는 향과 실제 맡는 향의 차이는 계속 발생한다.
당신이 이 차이를 줄여 가는 방법은 단 하나뿐이다.
계속해서 시도하는 것이다. 향수 포뮬러는 매우
복합적이기에 텍스트로 표현하기엔 애당초 한계가
있을 수밖에 없다.

　　텍스트가 예쁜 애끼리 모였다고 예쁜 향이
나온다는 보장도 없고, 싫어하는 향만 있다고 그
향수가 당신 취향에 무조건 안 맞으리란 보장도 없다.
"그 향수를 좋아하면 이 향수도 무조건 좋아할
거예요!"가 마법 같은 정답이 될 수는 없다는 것을
당신이 꼭 기억하면 좋겠다.

센트위키(SCENTWIKI)

오팔린 그린 28 퍼퓸(Opaline Green 28 Perfume)

출시	2021년
조향사	김혜은(Hyeeun Kim)
탑 노트	라임, 베르가못, 레몬, 진저
미들 노트	은방울꽃
베이스 노트	파츌리, 우디 노트, 머스크

향기를 담아 씁니다

초판 1쇄 인쇄일 2023년 11월 10일
초판 1쇄 발행일 2023년 11월 24일

지은이 김혜은

발행인 윤호권
사업총괄 정유한

편집 강현호 **디자인** 프롬더타입 이광호 **마케팅** 김솔희
발행처 (주)시공사 **주소** 서울시 성동구 상원1길 22, 7-8층(우편번호 04779)
대표전화 02-3486-6877 **팩스(주문)** 02-585-1755
홈페이지 www.sigongsa.com / www.sigongjunior.com

글 ⓒ 김혜은, 2023

WEPUB 원스톱 출판 투고 플랫폼 '위펍' __ wepub.kr

위펍은 다양한 콘텐츠 발굴과 확장의 기회를 높여주는
시공사의 출판IP 투고·매칭 플랫폼입니다.